文艺人才

2016 年夏季卷

（总第06 辑）

发现人才　推介人才　研究人才

高凯　弋舟主编

敦煌文艺出版社

《文艺人才》赠阅方面

各国驻华使领馆

各省市有关文艺主管部门

各省市及港澳台图书馆

全国部分文艺名家

甘肃省领军人才(宣传文化界)

艺术系列高级职称专家

优秀民间文艺人才

兰州市区人文茶楼

《文艺人才》学术平台 / 甘肃省八骏文艺人才研究会

高端顾问 高洪波 连 辑

名誉会长 邵 明 周丽宁 叶延滨 陈思和 马少青 张永基
苏孝林 翟万益 杨建仁 王登渤 李积麒

政策顾问 杨 郐 封奎海 蔡 强 张国伟 王 刚 李长迅 郑怀博 赵平英

经济顾问 李成勇

会 长 雷 达

常务副会长兼秘书长 高 凯

副会长 南振岐 阳 飔 叶 舟

《文艺人才》编委会

编委会名誉主任 雷 达

编委会主任 王登渤 马永强

编委会副主任 高 凯(执行) 阳 飔

编委会委员(以姓氏笔画为序):
人 郐 马青山 马步升 王永久 王进文 王玉福 毛树林 叶 舟 毕忠义 刘满才
刘秋菊 乔 琼 汪小平 杜 芳 何 江 何 岗 李世恩 李天成 邵振国 张使任
张大刚 张存学 张晓琴 张 弛 郭志为 尚德琪 林 涛 苟西岩 周凡力 张卫星
赵淑敏 娜 夜 高子强 唐翰存 徐兆寿 秦应平 常 青 雪 漠 程金城 韩小平
彭金山 彭岚嘉 路学军 管卫中

主编助理 曹雪纯 席晓辉 董宏强

组稿编辑 袁 静 李春玲

微信总监 知 闲

印务总监 王育红

编 辑:《文艺人才》编辑中心

电 话:(0931)8864050 8835239

组稿邮箱: bjwyrc2015@163.com

电 话: 0931-8725756 0931-8835239

邮 箱: 1244978011@qq.com

地 址: 兰州市东岗西路 668 号甘肃省文学院

目录

传统与现实的桥梁
——谈裕固族作家妥清德的诗歌创作

王　锐

妥清德(萨尔塔拉)照片

2016 年 9 月,在当代中国文学最高奖"全国少数民族文学骏马奖"的获奖作家队伍中又增加了一名新锐——甘肃裕固族诗人妥清德。

而载誉归来的妥清德再一次为当代中国裕固族文学增添了魅力。

至今年当代裕固族作家文学创作已走过三十多个春秋。从上世纪 80 年代拓荒者的艰辛开创,到上世纪 90 年代中继者的执著登攀,再到新世纪裕固族文坛的全面繁荣,裕固族作家文学创作经历了从无到有、从少到多、从弱到强的发展过程,作家队伍不断壮大,作品质量和影响日渐提升,并逐渐形成了本族较为固定的作家群。新时期经济、政治、文化的快速推进和更新,给裕固族作家提供了千载难逢的发展机遇,培育了良好的创作氛围和创作条件。三十多年来,裕固族作家以自己的创作全方位记录和见证了裕固族发生的巨大变化。他们努力探寻民族历史文化延续的根脉和遗迹,记录时代革新中族群的生活变迁和心灵碰撞,抒写新时期民族经济、文化呈现的新面貌,深入思考民族的生存现状和未来走向，尽情弘扬草原文化的独特魅力和多重价值，尝试构建大时空背景下的创作雄心和博爱精神，并使创作最终抵达人类学主题的深刻内涵。伴随新世纪文化视野的不断拓宽和深入开放，以及国家民族经济文化政策的地区倾斜，裕固族文学的受关注程度已大大加强。个别作家在少数民族界乃至全国范围内已崭露头角。杜曼·纳姆加、贺继新、铁穆尔、妥清德先后荣获全国少数民族文学创作"骏马奖"（第一届至第五届称为"全国少数民族文学创作奖"，第六届改称全国少数民族文学创作"骏马奖"）。贺中、妥清德的诗歌多次入选《中国年度最佳诗歌选》。2009年，肃南裕固族自治县10位裕固族作家的作品荣获甘肃省第五届少数民族文学奖。铁穆尔散文集《北方女王》荣获甘肃省第六届敦煌文艺奖一等奖，另有作品获黄河文学奖等诸多奖项。在由中国作协、《民族文学》杂志社和中国少数民族作家学会共同举办的"庆祝中华人民共和国成立60周年'祖国颂'征文大奖赛"中，苏柯静想的小说《红女人》荣获一等奖。达隆东智荣获第二十届"文化杯"全国梁斌小说奖、第二届中国西部散文奖等。裕固族作家的质朴、热诚、执著和淡定集中体现了民族精神的优秀品性。在他们身上，很少看到都市的先锋"写作"、卖弄技巧的花哨和个人化写作渲染欲望体验的俗气，他们是担得起人们的赞许和期盼的。他们所取得的成绩无愧于生活的时代，无愧于自己的民族。

诗歌是裕固族当代文学创作最早介入的文学体裁，也是绝大多数裕固族作家学习创作的起点。这一方面是因为民间口头歌谣的长期传唱培养了他们对诗歌的浓厚兴趣；另一方面，他们世代生存的草原腹地原是一片充满诗意、可以让灵魂自由驰骋的艺术天堂，滋润了他们敏感而多情的艺术气质和质朴而豁达的艺术胸襟。上世纪八十年代裕固族先后涌现出了贺继新、白文林、贺中、妥清德等一批富有朝气与个性的代表诗人。贺继新是裕固族诗歌的拓荒者。他凭借对本民族的热爱和对新生活的热情，以及裕固族作家的文学信心和情怀，很快成长为本民族最初的一代诗人，也是最早引起外界关注的裕固族诗人。他的出现有传承发扬本民族口头文学和填补裕固族文学空白的双重意义。白文林是裕固族上世纪八十年代走向诗坛的第一代大学生诗人，较早把现代派文学的创作技巧融入了裕固族的诗歌创作中，使本民族的文学水平有了新的提高。著名诗人贺中于上世纪八十年代中后期开始发表诗歌，他的作品视野开阔，保持了人类共有的生存体验和心理需求，并以现代意识观照民族文化积淀、民族心理结构和民族精神内质，充满着一种非凡的气度，彰显着大时空下的气魄和雄心。上世纪九十年代后，裕固族作家队伍日益壮大，几乎所有的作家都曾加入到诗歌创作的行列中，比如强成江、兰永武、贺雪忠、杜曼·叶尔江、玛尔简、苏柯静想、达隆东智、巴战龙、赵光龙、董潇红、杜曼·扎斯达尔、阿尔斯兰、铁彬、塔拉等。虽然他们大多不是专业的诗歌创作者，所取得的成绩还不能和前期诗人比肩，但毕竟丰富了裕固族诗坛，并为自身文学道路的发展奠定了良好基础。在文学越来越远离崇高、趋向随俗，

　　而诗歌写作和阅读日益边缘化的文化语境下，裕固族作家对于诗歌的偏爱和真情坚守，无疑是一片诗歌的净土，值得人称道和期待。

　　妥清德是裕固族文坛影响显著的诗人，又名萨尔塔拉(意为草原上的雄鹰)，1968年生于酒泉市肃州区黄泥堡裕固族乡，系中国作家协会会员，中国少数民族作家学会会员。现在酒泉市某机关工作。业余坚持文学创作，不仅是一位执著的文学爱好者，而且是一位"高产作家"，先后在《诗刊》、《星星诗刊》、《中国作家》、《民族文学》、《中华文学选刊》、《中国文学》、《青年文学》、《飞天》等报刊发表诗歌、散文、随笔等文学作品1000多篇(首)，先后荣获甘肃省少数民族文学创作"铜奔马奖"，第十一届全国少数民族文学创作"骏马奖"等。有作品入选《中国<星星>四十年诗选》、《中国<星星>五十年诗选》、《甘肃文学作品选萃·诗歌卷(1949——1999)》、《2000年中国诗歌精选》、《飞天精华本·散文诗歌卷》等，部分作品被中央人民广播电台等媒体选播、选摘、评论和译成英法文字。

　　妥清德的诗歌创作起步于上世纪八十年代中期，那是一个诗意盎然、文学备受瞩目的艺术黄金时代。朦胧诗和第三代诗掀起的两次新诗潮运动，使诗歌写作充当了文学排头兵的作用，诸多文学青年纷纷投身其中，追逐自己的艺术梦想。妥清德正赶上了这样的时代浪潮，虽然身处偏僻落后的边地，但普希金、波德莱尔、海子的诗歌种子还是在他内心狂热而倔强地生长，使他整日痴迷于诗歌的阅读与创作。上世纪九十年代前期，凭着多年的坚持与积累，妥清德逐渐达到一个日益饱满而成熟的理想化写作状态，自由穿行于理想与现实融合、传统与现代交织的草原文化空间中，精心营构出了属于他自己的诗意丰盈的"黄泥堡草原"——他出生与生长的地方，也是裕固族东迁入关后最先落脚的地方。尽管这片故土现已成为典型的汉区农庄，裕固族原有的文化形态也趋向陌生化，但骨子里的民族血脉与身份认同使妥清德对大草原有一种天然的亲近与向往。他曾无数次前往现在尧熬尔人的集聚地——肃南大草原，亲身体验游牧世界的宽广、融入与流动，体验民族的具象生活与历史传统，寻找创作的灵感与能量。他喜欢从一座山眺望另一座山的自由与从容，喜欢天地山水间孕育的宁静与肃穆，喜欢牧民生活的简单与真实。但是，对于一个不会母语的裕固族后裔，他在祁连山北麓的生活一直都很尴尬。"我一直感觉，我的舌头是别人的舌头，我是在替别人生活，而我的生活在别处。我常常在夕阳落去时，站在被风吹凉的草地上，回望遥远的时光，回望那些与我生命有关的历史、寂寞和惆怅。也只有这种回望能缩短我的痛苦和孤独，让我的生活真实起来。这是我用诗歌来倾诉的真正原因。诗歌中的疼痛感，是我活着的证据。"只有活在诗里，妥清德才能修复心中的失落与迷惘，弥补心中的危机与忧虑，觅到安身立命的根本。"我感觉，想诗的事情比想别的事情感觉更舒服。""诗，就是歌，就是唱自己的内心体悟，唱自己对生活的感受，唱自己对生命、对自然、对整个世界的敬畏。唱，是裕固族的天性。裕固族有大量口传身教流传下来的民歌，这些都滋养了我的灵魂。对于我来说,选择诗歌创作,就是对自己文化和文明的最好传承。"(妥清德《给心灵一个出口——在张掖陌上夜话读书分享会上的发言》)正是对于裕固民族深沉的热爱,他才以一颗祝福的心来抒写自己的家乡、亲人和民族,把探索的目光深入到裕固民族广阔的社会历史生活中,始终让自己的文学创作保持着一种寻根情结,并充满了西部的苍茫和裕固族草原生态文化意识。

　　西部,给人的普遍印象是辽阔、幽远、荒僻、冷峻、粗粝,但妥清德却更喜欢捕捉包蕴其中的柔美、精致、恬静、细腻、诗意,他总能在平凡中发现生活的美感,并用富有活力和灵动的创意独具艺术地抒发这种美感,不经意间唤起读者的感动。那些单调甚或枯燥的景物,由于诗人别致的艺术想象和加工点染,随处流泻焕发着诗情画意,常给人一种新的体验和冲动。妥清德不但有发现美的慧眼,更有一支创造美的艺术妙笔。"与其指说妥清德的诗歌展现了想象的新奇与句式的情致,毋宁说是语境和情思在交融中的自如呼吸。自起先的'黄泥堡'篇什到后来的'雪花与绿洲'等草原系列的开掘中,妥清德始终保持着独立的语境构筑",他的宁静、轻盈有秩序地打开,沿着清晰的结构让人看到了现实与梦想结合的透明。妥清德的视野让人再次遭遇到那种倾听草原,与草原对话的深刻:"在由语言到诗歌审美价值的路途上,完成了一个诗人应该恒有的自醒思考和艺术向度,让诗歌真正抵达一种独特而实质的诗学品格。"(陈思侠《春天的雨,春天的诗经》,《甘肃文艺》2006年第1期)这是一个草原哲人的散步,一个怀有悲悯之情的诗人对命运由衷的祈祷。"他的诗歌语言质朴、意境优美,处处流露出一种扯不断抹不去的浓浓情思。""妥清德的诗歌是衔接裕固人传统和现实的一座桥梁,走过这座桥便能感悟到诗人的心境和梦想。"(钟进文《寻根的人——裕固族诗人妥清德诗歌中的民族情结》,《民族文学研究》1999年第3期)妥清德的诗歌来自他向往和热爱的草原,那里的高山湖泊、一草一木、牛马羊群甚至空气阳光,还有牧人生活,都是触发其灵感的动情点。草原的辽阔给予其思接千里的想象,和天人合一的抒怀境界。

　　妥清德的艺术创作深深扎根于裕固家园和西部边地,对草原牧场生活的诗意描绘,是其诗歌中最常见的景象。《祁连山中》采撷了动静自如、起落悠然的山中风物,和"蔚蓝的天空下的裕固少女"共同舞蹈,交相辉映出和谐的天堂之音,一个个跳动的音符带给心灵一次次颤动,产生出醉卧山峦原野的满足和惬意。《我家的羊群在风中吃草》酷似牧场上自由流淌的清泉,一路走来一路诗情画意:"草垛上拴的那朵云越来越胖";"牧场的超市打开自信的花""香气情书般让人心跳";运输星辰的马车"黄昏,把花香卸在你小小的掌心"。而"一群让我放心的羊/在风中吃草,有时它们不经意/也会吃下捧到嘴边的野花/像我们碰到自己的情人一样自然",更博得会心的微笑和美的享受。这是一种真正把自然揣在心里,与自然对话,进行生命体验的鲜活创作。《黑河,许多野雉隐藏在密林里》细腻感触到春天孕育的生命活力,和宁静表层下涌动的无限生机。"在我们的背后,整个春天处在一种新婚里"是富有质感和热度的温暖收束。《夏天深处的草原》把夏天草原的生机渗透在饱满和知足中,"默默寻找没有压力的生活",触摸到草原的幸福和吉祥。

　　无论是从历史、文化、性格还是心态来说,裕固族作家都是典型的流亡者。同时,在现代文化语境中,他们又是一个远离中心,面向边远、面向大自然和民间的代表,但又每天都面对着周遭的异质文化。特殊的历史文化背景和民族身份,使裕固族作家产生了对其族源和历史了解的本能需求:尧熬尔是一个什么样的民族? 从何而来,又将走向何方?该如何记录和表白尧熬尔的历史与现状?尧熬尔有着何样的性格内涵和精神追求? 她在整个世界、天地宇宙中扮演了什么角色? 她该如何提升和补救自己,等等。这种对过去的追问,含有迫切的民族自省意识和归属情结,以及对民族文化的深刻参悟和多维关照。借草原典型风物表达对历史与现实的种种思考,则寄寓着妥清德诗意表达中的沉思和隐忧。《祁连山腹地》传递出一种微妙而复杂的感受,有对民族历史、信仰和激情生活的缅怀,有对冰冷喧嚣现实的怅惘,还有越来越难以寻觅的些许温暖,这是新旧交替中发出的声声感喟和灵魂诉求。《疏勒河》以亘古的先验和超前,去体味一条宽阔的生命之河的四季变迁和历史流动,带有涅槃者的生死依恋和激情游走,极为震撼地抒发出对疏勒河的厚重情感。《不易觉察的风吹凉我们》所体味到的是现代物质文明高度发展中的失落,那就是人与自然的渐渐疏离,人心在物欲之风的侵袭下日益萎缩,生活越来越缺乏诗意。《春天偶然路过羊井子湾》截取了偶然间的一组生活镜头,对乡村移民投去深情的一瞥,他们播种着绿色和生活的希望,改造和美化着新的家园。

　　来自心上绿洲的絮语和对话同样倾听出妥清德的明澈与深刻。《心上绿洲》(组诗)是一组用绿色包装的芬芳琼浆。"春天"萌生的"爱"和"激情"执著追逐着"故乡的太阳",尽情释放在"永远向阳的村庄里";或"停在夏天的草地上";或"野花如织/整个秋天像一片相思的艾叶";或"山坡在绿色的风中飞翔/我一生爱着两只翅膀:生命,音乐""我深爱着黄昏,少女,菊花"。在一年四季的辗转中,"最大的绿洲是清贫而怀有爱情的心/我的事业披着阳光""原野仿佛我们辽阔的感情""草原的激情就是我的激情",在我心灵的绿洲上,"暴风雪不能生长"。《怀抱白雪深眠》《遥远的雪在我的眼睛里禅坐》《莅临》让我们收获到牧场深处白雪覆盖的宁静和休憩,是心和万物共同的深眠与禅坐,平静表层的欣赏背后暗含一颗温润包容的心,雪的世界因此不再寂寞。《风中的草叶和月光》(组诗)是忧伤与温暖交织成的故土情思。记忆中熟悉的"高原的膻味",无边的空旷和始终困惑的干旱,"故乡的草场如何借着风势/疼痛地拔节和抽穗",还有"拥有无限的爱情/拥有妻子和刚长出虎牙的儿子"的温暖的村庄,均毫无选择和保留地栖息在诗人生命的田野上,贫瘠中内蕴生气,并因深沉的爱而成长为一种精神寄托和灵魂归宿。在诗人充分展开的心灵对话中,我们感受到的是包容、丰富和深厚。《在长满青草和鲜花的背景里》诗人敞开心胸迎接和寻找一种纯净与透明的生活，尽管"疑问与眼泪并存"，但"不朽的热情"总在美好的憧憬中持续。

在裕固族诗歌的创作队伍中，妥清德和贺中的诗歌显得尤为独特。他们的诗歌题材和意象选择与其他裕固族诗人有相同之处，但抒情方式和表现技巧更趋现代性，强化了诗歌的想象空间和跳跃思维，丰富深化了诗歌的层次和内涵。相比较而言，妥清德的诗歌能把现代技法有机内化到传统诗艺中，把民族特色和现代气息融会贯通，从而更容易为读者接受。妥清德对周围世界的敏感和独特的思维方式，又使他的创作产生出直接抵达人内心深处的吸引力，给人一种超然的向往和天然的感动，并在反复揣摩中体会到诗歌表达的精致和深刻。在某种意义上，妥清德的创作对于裕固族诗歌的发展具有一定的借鉴意义，值得引起足够重视。

在民族文学蓬勃发展的今天，裕固族作家同样面临新的挑战和必须的突围。地域和民族特色是一柄双刃剑，虽体现了其创作中的优势，却同样限制了作家"向外看"的视界，容易形成一味"向内看"的写作惯性和适应性写作的自足，以及题材相对单一、表现手法不够丰富的缺憾，很难产生内外兼容、历史与现实并重的有气度和有力度的文学巨著。如何写好，写得更深刻，更有内容，愈显"丰富"和"变化"，是对裕固族作家的一大考验。尤其是如何把本民族丰富的民间文化资源，有机渗透到他们的创作中去，在变异中的民俗里创造新生活的人，更是今后着力的地方。民族作家一方面"要认真钻研、吸收、融化和发展古今中外艺术技巧中一切好的东西，不仅与自己的过去比较，还应该与自己的周围现实比较，即与先进民族或先进国家的优秀作品比较，在横的交叉点上寻找自己的优势，创造出具有民族特色和时代特点的完美的文学作品"（特·赛音巴雅尔《中国少数民族当代文学史》，漓江出版社，1993年版）；另一方面"民族作家需要在民族本位、中国气派和世界胸怀的三位一体的空间架构中对自己的文化身份进行有意识的建构。""只有明白了这种有意识的文化身份建构，我们才能从狭隘的民族意识中走出来，吸纳全人类一切有益的文化成果，走出一条民族文学创作真正的康庄大道。"（李卫华《论民族文学创作中的空间书写》，《当代文坛》2007年第2期）裕固族作家同样需要这种宏观的战略眼光和不断开拓的坚毅勇气，稳定队伍，潜心创作，唯如此，才不会被时代激流所淘汰，也才会使本族文学走得更远、更高。

作者简介

王锐，男，汉族，甘肃山丹人，河西学院文学院教授。主要研究方向为中国当代少数民族文学和中国西部文学。曾在《文艺理论与批评》《民族文学研究》《民族文学》《当代文坛》《西藏研究》《中南民族大学学报》《宁夏社会科学》《北方民族大学学报》等杂志发表论文50余篇。

藏在身体内的诗歌
——王忠宁诗歌背景的陈述和阐释

李安平

　　我坚信诗歌是从诗人的身体内流淌出的血液,在没有流淌出来之前,它一直潜藏着,如果没有恰当的时机,有可能一辈子都潜藏下去,甚至与身体一同化为泥土。但是,如果某种契机成熟,诗人会从自己的身体内把它们轻易地呼唤而出。这一点是我发现王忠宁诗歌之后的一点感慨。作为一个庆阳诗人,王忠宁进入我的视野不足一年的时间,他提笔写诗仅仅只有三年的光景,然而,当我读到他那些充满哲理意味的诗句时,我无法和他的农民身份联系起来,甚至对他的经历产生无限的好奇。

　　接近不惑之年的王忠宁的人生背景是曲折和苦涩的,他凭着自己的感觉磕磕碰碰地走了近五十年,回顾他的人生履历,尽是心酸和不堪。出生在上世纪六十年代末期的王忠宁是一个命运多舛的人,四岁的时候,本性善良的父亲放羊时不小心从山上摔下去,一命呜呼了。贫寒的家庭实在无法维持了,两年之后,母亲招纳了继父,他们结婚时继父收养了一个女儿,接着继父和母亲又生了一个妹妹,这个家庭慢慢地才有了点生机。1976 年后季,王忠宁踏进了校门,开始了他的求学生涯。随着知识水平的提高和视野的开阔,四年级的时候,王忠宁喜欢上了诗歌,有一次,家里人让他到县城去打酱油,他把剩下的钱买了一本《屈原的故事》,回到家一本书就看完了。那时的他,连诗词都分不清,只是觉得很美,感觉诗歌是一种不同凡响的语言。三年的初中生活,留给他的创伤就是师范预选差几分,高中考试失利,在求学的航道上他被迫出局。一切

7

王忠宁生活照

都是那么匆匆，还来不及思量文学和自己的关系，就回到了零的起点。他对文学的认识似乎还停留在似是而非的阶段，或者可以说仅限于作文的层面。然而，在强大的生活苦难的面前，王忠宁没有来得及细想这些事情，就被生活那双无情的大手推进了苦难的漩涡。面临强大的经济困境，辍学似乎是必然的选择。

毕业后，他在自家的自留地里种了几亩西瓜，他把对生活的无限希望都寄托在几亩西瓜上了。每天天不亮他就拉着架子车进城卖西瓜，他用借来的圆桌卖牙牙西瓜，生意点燃了他内心的火苗，他便萌生了要做生意的想法。谁知，继父和母亲都反对，他们说："生意能挣起，贴不起！"西瓜刚卖完不久，他又去参军，因为肝上有病，没有通过，当兵的梦想又破灭了。家里人就宽慰他，兵当不上不怕，咱就学手艺，照样能养家糊口。他不愿意学手艺，结果被舅舅训斥了一顿。1981年，母亲攒了一笔钱，本来打算修地方，谁知母亲得了肝硬化，钱很快就花完了，母亲也走了。随即他就拜邻村的一位老木匠为师学艺，王忠宁能吃苦，17岁就从老山里拉了一车木头，给师傅修房子。谁知师傅很保守，并不真心传他手艺，遇到技术方面的环节就把他支远，两年多时间过去了，他什么都不会做。他其实就是一个小工，每天抱砖头，干杂活，挣的钱都被师傅私吞了。1989年，王忠宁结婚了，他的媳妇是他五元、十元、五十元借钱娶进家的。结婚后，他们很快有了孩子。在没有经济作支撑的家里，幸福是苦涩的，拮据的王忠宁靠一只老母鸡下蛋维持家里的生计。儿子感冒了，他到工地上借了50元，师傅知道后很生气。从师傅那里学不到手艺，他就偷偷地揣摩，勉强掌握了一些粗浅的技术。有一年师傅去青海干活，要带他，他有病没有去，师傅很不高兴。师傅回来后，他就买了一条兰州烟去看师傅，师傅很冷漠，他们师徒的情分就此割断。1990年，他跑到宁夏海原县去干活，在远方侄子的点拨和宁夏师傅的热心指导下，他的木工手艺有了很大的提高，这一年，他第一次靠手艺挣了一些钱。第二年，他的木工也能独立了，就跑到华池，在工地上做模具，心灵手巧的王忠宁竟然做成了，而且还得到了工地上师傅们的一致好评。之后，他又给工队上做了几个架子车。王忠宁年轻，有的是力气，伐树、解板、抬石头这些力气活都是他一个人干，工地上的工人都对这个小伙子很赞赏。在山里干活，吃住都很糟糕，他到林镇搞维修，没地方睡，就在牲口窑里打了个铺，谁知晚上驴子拉稀，稀屎喷了他一床。第二天，他直反胃，一口饭都吃不下。尽管条件这么艰苦，王忠宁的心还是热的，休息的间隙，他吹笛子，自娱自乐。附近的娃娃小学毕业，老师还邀请他给娃娃吹笛子。在华池的一年，王忠宁挣了五百元，家里的经济状况得到了改善。他对自己的手艺也有了一些自信，也看到了生活的曙光。为了让村里的人知道他学成了手艺，王忠宁给自己家里做了一个写字台、一个饭桌、几个板凳，一切如同他的预料，他的手艺赢得了乡邻的喝彩。然而，正当他怀揣手艺，准备大干一场的时候，以刨床为手段的木工革命开始了。在现代化的机器面前，他感到一种无所适从的茫然和沮丧。经过一段时间的琢磨。他觉得自己可以驾驭刨床了，当他来到马岭川走进家具工厂，费尽心血地干了一年，却遭到了黑心老板的盘剥和算计。随着城乡经济的迅速发展，王忠宁隐约感到自己曾经得意的手艺似乎要从身体中隐退，谋求新的生机成了他迫在眉睫的事情了。

社会是人生最残酷的炼狱。每一次苦难的遭遇和不幸都让王忠宁感受到一股来自生活底层的挤压，他真实地看到许多弱者、不幸者就是在这种挤压中倒下去了，失去了重新拼搏的机会，甚至永远地倒下去了。他一遍又一遍地追问自己，人的命运咋这么坎坷啊？

来到乌海，他贷了300元，租了一辆黄包车，冒着胆子放夜，结果时间不长也是沮丧而归。

转悠了一圈子，王忠宁又回到了自己的土地上。他坚信，人可以骗人，人可以哄人，但是土地不会。王忠宁到陕西礼泉县买了些苹果树苗，在家里办起了果园，可是他的行动遭到了妻子和继父的一致反对。倔强的他说服不了妻子，一砖把锅盖都砸烂了。为了把果树务好，他没黑没明地拼命干活，月亮底下都在果园里辛劳着。果树栽好了，结果子还得几年，他又出去打工。天干旱得不下雨，庄稼地里没收成，他就跑到西安修检查井，一次到灶上去吃饭，发现大肥老鼠爬了一锅盖，他当时把胆汁都吐出来了。1998年，他到北京跟一个河南工队建鱼塘，他们住的是鸡舍，吃得是猪狗饭。他们的工队是一个黑工队，他们被圈在工队的栅栏内，想买一包烟都出不去，只能从栅栏里把手伸出买。有一次，他给孔雀盖凉棚，要高空作业，他向老板要安全带，老板说，死不了，他头上的火唰一下就冒上来了。晚上王忠宁一夜没合眼，他想自己的命咋就连一只孔雀和一只狗都不如哩。难道他们的命就这么贱，吃得连野鱼都不如，强烈的反差，使他第一次感受到内心的疼痛。鱼塘建好后，他跑到了华北电力大学工地干活，这里是正规工队，条件比黑工队好多了。可是由于工程老板的刁难，一个大雨滂沱的夜晚，他们在电闪雷鸣中浇铸混凝土，身上虽然披着雨布，头上戴着安全帽，然而在瓢泼的大雨中这点遮挡形同虚设，天明的时候，工程结束了。这次经历让王忠宁刻骨难忘。迫于生计，1999年王忠宁心血来潮，注册了一个香包公司，借钱收购了一批庆阳香包，一路跑到北京推销，他幼稚的想法很快在北京落空了。为了推销香包，他又赶到郑州，结果在公园里遭到城管的收没，那一刻，他双膝跪倒在地，请求城管把香包还给他，在周围老年人的劝说下，城管勉强把香包还给了他。十多天的折腾过去了，香包不仅没有挣到钱，还让王忠宁尝尽了心酸和屈辱。回到家里，看到两个儿子在碾麦场玩耍，妻子埋怨他没有挣到钱还欠了2000多元的账，他一阵心酸，低头苦思了几天。他想，人活着咋就这么难啊！后半年，他又到新疆，打算干木工活，谁知，手艺早就荒废了。无奈之下，又到建筑工地上去当小工，冒着零下30度的严寒干了几个月，好不容易挣了2000元，回来才算堵上了贩香包的窟窿。2000年以后，市场稍微好了一些，他就到宁县、西峰、庆城贩杏和杏干，弄了一点小钱，家里的生活总算有了一点起色。

眼看着苹果树挂果了，妻子也不反对了，家里的经济状况也好了。他就严格按照科技资料上的要求精心侍弄果园。有一年，科技店里推销新加坡氨基酸，他就按照要求给苹果树刷了，谁想到，苹果树全烂了，他又一次愤懑了。他相信科学，科学咋就骗了他呢？他想告状？可是告谁呢？告科技店？还是告新加坡？经过痛苦的思考，他把一地的苹果树都平了茬，让一切从零开始。

几年以后，当第二茬苹果树挂果的时候，王忠宁的经济翻身了。然而经济的富裕却让他陷入了极度的空虚之中，他变成了一个赌徒，押单双，赌博，葬送了万元之后，他开始重新审视自己的生活方式。

他开始读书，学习写古体诗，慢慢地对儒家学说、道家学说有了一些了解，对朦胧诗产生了兴趣。2012年的时候，他开始尝试写新诗，受到了诗人冯立民的鼓励。冯立民告诉他，诗也是一种艺术形式，诗是一个思想者的先锋。随着不断的上网，不断的交流，他对诗歌逐渐有了新的认识。他觉得，诗人必须要有独到的眼光，必须是语言上的创新者。渐渐地诗歌成了医治王忠宁精神伤痛的良药，从诗歌当中他找到了自己的灵魂家园，他那颗备受煎熬的心也得到了安放。在诗歌创作的储备阶段，他坚持背《离骚》和唐诗，寻找诗感。通过对新诗和古体诗的大量阅读和尝试，他明白了一个道理：古体诗是散文的诗意化，新诗是诗意的散文化。这个重大的发现使王忠宁的诗歌从一开始就提升到了一个高度，不管是《安娜，今夜的一杯红酒》，还是《横眉冷对千夫指》，都将自己对生活的体悟上升到哲理的层面，同时，也使自身的生活苦涩隐隐约约地渗透其中，这样就无疑加大了诗歌的内涵。

王忠宁的诗歌经过了短暂的依靠阅读支撑的创作阶段，很快就把这些东西消解了，他在努力地使诗歌创作回到自己的生活视野中，让创作回归到生活本身，不断地缩短表达方式和本心的距离，使自己的表达有了明显的提升。

苦难加深了王忠宁对生活和诗歌的理解，在这样的背景下，纯粹的诗意是没有任何意义的，他渴望自己的灵魂、伤痛能够在自己的诗行里得到哲学般的绽放。在他的《一棵树的哲学》里我们不难发现这一点，透过这首诗我们仿佛可以窥见卑微者曾经的生存史，是啊，我们不得不惊叹这些与土为盟的蚯蚓，它们竟然走出了一条坚实的路,这种惊叹读来令人心酸。在生存者的视野里,任何卑微的弱小的同类或者异类都是值得我们尊敬的,它们的挣扎,它们的拼搏都可以使我们洞悉人类的秘密。

一棵树的哲学

他从一条天堂的路
攥紧拳头
他把阳光
当做挺进的方向
他不求轮回
他让风雷筑起拱桥
从此无虑

这时候
我看见西飞的大鸟
衔着大海的呼吸
听,昆虫的鸣唱
将月亮,衔上天

我不得不惊叹
这些与土为盟的蚯蚓
纵然走出一条
坚实的路

弱小者未必是不堪的,它们的伤口里潜藏的除了疼痛,还有对未来阳光一样的憧憬。读到这样的句子,谁还敢轻视一棵树的存在呢?哪怕是一杯水,它也有决胜千里的普世情怀。拾起这样的诗句,不由得让人泪流满面,感动万物的不是轰轰烈烈的领跑者,而是卑微的弱小者,它们宽广的胸膛可以容纳得下整个世界,而我们却往往忽略了它们的存在。这是多么发人深省的发现啊!

这里的沟壑, 不是伤口

也许伤口难以愈合
也许, 即使一棵树
被分为八瓣, 门板未必
牢不可摧
但一棵树经过风雨的培育
把一片灿烂, 平均分配
形成一条坚不可摧的大堤
越过百里, 谁还能说
这里的沟壑
就是伤口

那么, 一杯水的决定
只要不是孤芳自赏
同样会决胜于千里之外
如果一个人心怀坚定
不久, 普天之下
一片欢呼

那么伟大的太阳
如果能缩小瞳孔
就我短暂的一生
即使不能成为一棵树
也要把人生打磨光亮
不留一点痕迹

　　诗人和哲学家一样, 他们的思想折射着这个世界的两极, 他们的诗行和发现使我们有机会在匆忙的行进间发现自己的思想的光芒, 发现世俗的丑陋, 发现世态的真相。《无题》的内涵是深邃的, 它告诉我们, 这个世界太绚丽了, 无穷无尽的声音常常遮蔽了我们的听觉, 我们甚至辨别不出"什么鸟儿唱什么歌", 然而诗人的诗句却告诉我们: 只有在最低处, 才能听到, 什么鸟儿唱什么歌。也许, 我们的攀登是滑稽的, 可笑的, 因为这和我们去探求世界的本相竟是南辕北辙。

无题

只有在最低处
才能听到
什么鸟儿唱什么歌
那看似涂板的天空
一身诡异
哦,那是我吗
我看到的世界
怎么总是有偏差
难道耕夫
就知道和牛说话
和土地说话吗

荒唐的世俗啊
诚实被掳掠
谎言却成了世道的良药
我说过
诗人死了
下一个就是无所谓者

我在对岸
终于有了
可乘之机
那
就是
逃亡

　　王忠宁的哲学流露出的是道家的诗意的追问,他的诗句里蕴藏着苦难者的达观,折射着卑微者对这个世界的无限关爱,尽管他的诗句中有粗粝的成分,但是这丝毫掩藏不了他的哲学光芒,也许这样的诗和这样的诗人更接近诗歌的本质。

洮砚雕刻艺术的守望者
——中国工艺美术大师何林财的洮砚雕刻艺术

杨继翟

何林财近照

　　第一次看到何林财的洮砚,让人大开眼界,精湛的雕刻艺术,那真叫个"绝了"。之间,竟然把三国的"三英战吕布"人物形象雕刻得活灵活现,栩栩如生。人物动作、造型比例、发须线条、空间布局等雕刻得一点瑕疵都没有,真是精美之极……

　　出生在甘南临潭县的何林财,从小喜欢画画,15岁时,他跟随叔叔学习雕刻洮砚,这一刻就是近30个年头。2008年随九甸峡移民工程的搬迁,落户瓜州县广至乡。

　　在何林财的工作室里,简陋的桌子上摆着许多雕刻洮砚用的刻刀、锯、锤、铲、铁笔、水沙等工具,还有上等的老坑洮石。谈到洮砚雕刻,何林财很认真地说:"雕刻洮砚是一件很费力的事,需要有耐心才行,雕刻洮砚必须要先将图案画在洮砚上,需要较好的美术功底。"他为了提高洮砚雕刻技艺和绘画本领，只身一人来到兰州，先后在西北民族大学、西北师范大学自费学习美术，这对提升他的洮砚雕刻艺术起到了重要作用。他所雕刻的每件作品，都是手工创作的孤品。刻砚时，他根据石头的形状首先认真构思，把构思好的图案一笔一划认真画在石头上，再一刀一刀耐心去雕刻。在他的洮砚展柜里展示着"五虎上将"、"三英战吕布"、"贵妃醉酒"、"布袋和尚"、"惜春作画"、"李白醉酒"等中国古代经典人物洮砚雕刻作品，件件都是精品，观后让人惊叹不已。

功夫不负有心人。2008年何林财的洮砚雕刻作品"贵妃醉酒"在"甘肃省工艺美术百花奖"评选中获得了百花奖二等奖；2012年洮砚雕刻作品《传承》荣获"第十二届甘肃省工艺美术百花奖"创意创新一等奖；2014年洮砚雕刻作品《三英战吕布》获得"中国工艺美术精品博览会"金奖，洮砚雕刻作品《望庐山瀑布》获得"中国工艺美术精品博览会"银奖等等。2016年他加入中国工艺美术家协会，同年被中国工艺美术研究院、中国工艺美术家协会授予"中国工艺美术大师"称号，并被授予"中国国家级工艺美术大师终身成就奖"，获此殊荣，在甘肃洮砚雕刻行业他是第一人。

何林财在瓜州县草圣故里文化产业园、张芝文化街都有他的制砚工作室，平时他除了静心制砚，大部分时间还奔走在兰州、北京、上海、吉林等地，尝试着在各种石材上雕刻不同的作品。随着时代的变迁，何林财作为洮砚雕刻的守望者和领路人，我们祝愿他在洮砚雕刻的这条路上越走越远，将洮砚雕刻艺术传承下去，不断创新，发扬光大。

洮砚作品

献给李家山的哈达
——简评李满强诗集《画梦录》

史映红

　　认识满强是 2013 年 2 月的最后一天,那天上午我刚去鲁迅文学院报到,下午在房间翻阅同学花名册,看到甘肃的李满强,住 614 房间,离得很近,忍不住过去敲门,门开了,出现在眼前的是一张属于甘肃人特有的质朴的脸,个不高,长发,一看就知道性格外向,眼角有很多被笑容拉扯的深深的一束线,我说:"你是甘肃人,哪儿的?"他先把我让进烟草和酒味浓郁的房间说:"我静宁的,你呢?""我庄浪的。"天啊,世界有时候就这样小,他是甘肃作协推荐的,我是西藏作协推荐的,将在北京参加鲁迅文学院第十九届高研班学习,我们同属平凉地区,县县相邻,连田间地头都挨着。他随手指了指桌子上两瓶牛栏山酒说:"昨晚喝剩下的,今晚咱抽时间给消灭了。"我摇着头说:"唉,啤酒都喝不了多少,白酒基本不喝。"我能从神色上看出来他对我这位老乡在酒量上很失望。也就是在高研班学习期间,满强正在出版诗集《画梦录》,转眼间,过去都两年多了,《画梦录》一直断断续续地阅读,也想说点什么,却总是迟迟未能动笔。想说点什么,其实就是把作品尽可能说到位,把心里感受说出来,为了达到这个目的,两年多来,它成了我的枕头书,好多次出门都带着它。2014 年 8 至 10 月,在北京两个月,带着它;连续三次回老家,带着它;前段时间,参加"鲁迅文学院西南六省市区第四届青年作家培训班",带着它,跟我去过天坛、进过故宫、到过北海、桂林、贵州……就是想闲暇时翻一翻,找找感觉,却拖到现在了,即便如此,我仍然没有把握把真实感受完全说出来。

仔细阅读《画梦录》，大都是从村人村事、家长里短入手，淳朴憨厚、清新自然，力避人工过分雕琢，没有矫揉造作之态，这是基本感受。一个大山里成长起来的诗人，一个品尝着黄土地苦涩和风沙长大的诗人，一个亲历父母亲面朝黄土背朝天、和乡亲们面对十年九旱的土地欲哭无泪的诗人，他的诗发自肺腑，流淌着真情实感，是对苦涩乡土的歌颂，是对童年艰辛时光的追忆，是对底层父老乡亲的关切和赞颂……

满强与我一样，出生在陇东偏僻的小山村，面临一样的困境，土地贫瘠、十年九旱、兄弟姐妹多，甚至一度上学都成问题，小时候他也可能与我一样发誓：长大后一定离开这个"鬼地方"，但是一旦长大了，最回味、最依恋的却是那片土地和土地上勤劳憨厚的父老乡亲，《一群麦客上路了》："……后来，在邮政大楼前的空地上/我见到了他们/汗渍斑斑。神色疲倦/草帽下遮蔽的面孔/已经是麦子的成色/那曾经锋利无比的镰刀已被生活磨钝/面对他们，我喊他们麦客/背过身去，我喊他们父亲/喊他们兄弟"。再来看看《赞美一个叫王永全的人》："……此后十余年，他从/诗歌的视野里消失。开始/出没于老家的玉米林，胡麻地/在乌鲁木齐的大街小巷里努力寻找/可以赚钱的新闻线索/但更多的时候，他在夜市和/医院之间奔波/在尘埃和空气之间，不断纠缠/除了要养大一双嗷嗷待哺的儿女/他还要用摆地摊赚来的钱，竭力/推迟患贲门癌的父亲离去的时间"。这就是满强眼里的父老乡亲，胆小、执拗、守法、相信宿命和汗水，他们谨小慎微，他们日出而作，日落而息，不惊动月光与虫鸣，这些人在他的作品里反复出现，把陇东深山沟壑、秃梁贫地上劳作的底层人民逶迤起伏的生存状态加以体现，读起来有一阵一阵的痛，有一缕一缕的亲，有一丝一丝的担忧。

满强是个孝子，同样，年迈的父母亲是他的精神支柱，是他的天，是他的太阳，是他笔下永远的主人公：《给父亲洗澡》"……当他从内科病房又一次奇迹般地站起来/我说，爸，洗个澡吧/当他像个孩子，羞涩地背身捂着私处/我只希望这温热的流水/能够快一些，再快一些/好抚平那些沟壑，那些褶皱，带走/这个老人体内的霜雪，石块，荆棘/带走一个儿子的羞愧与泪水"。再看看他笔下的母亲：《妇女节》"……而在我内心深处/驻扎着一个矮小的女人/她一生不曾参加过这样的盛典/更不知道这个世界上还有属于自己的节日/只是按部就班地生儿育女/伺候土地/像一粒柔软的小小种子/她用她的渺小和忍耐/证实了自己清晰的存在"。一个从小放牛放羊的孩子，一个母亲牵着小手走进学校的孩子，一个在县城就着咸菜啃着干馍馍的孩子，他长大了，他学会了写诗，他用世界上他所掌握的最美的文字，为给予他生命的人写诗，写他们的劳作、写他们的悲苦、写他们滂沱的汗水、写他们少见的安然和知足，深情朴素的语言，浓烈如同陈酒的情感，让我们忧伤，让我们流泪，让我们遥遥地牵挂。

认识满强的人，读过他作品的人，都知道李家山，"洋芋、胡麻、野小蒜、草垛、弹弓、苜蓿花、栓柱、葫芦河、黑鹰沟、李家岔……"这些卑微的庄稼，这些过时的物品，这些拗口的地名和人名，构成一个完整的李家山；李家山就是一盏灯，时刻照亮他前行的路，《愿望》："有生之年/我要建一所房子/地址就选在李家山最高的山梁上/打开门，就能看到江西和湖南/推开窗，就能回到内蒙和新疆/春天一旦到来/屋前的空地之上/我不种玫瑰，不种芍药/要种我就种喇叭花/一到夏天，它们都一个个嘟起了小嘴/吹奏着我卑微的爱"。《莲花》，"20华里。从李家山出发/要经过李家岔，黑鹰沟，宋家阳波/经过马三爷的古北/经过一段只容一个人侧身的红泥小路/才可以到达莲花/莲花！你可记得/20年前，那个瘦小的乡村少年/步行40里，怀揣4毛钱/忍着15岁的饥渴/买来两羽天使之鸽/你可曾看到，它们后来飞向哪里？"李家山的山、水、人、一草一木都驻扎在满强的心里，就像他的影子，他的口音。"一花一世界，一叶一菩提"，其实他的诗就是种植在李家山上的一苗庄稼，随着时间的推移，岁月的磨砺，这苗庄稼已经变成参天大树了，它有着人性的深度，空间的广度，时间的长度；满强的诗，摒除了枝蔓，以真心直抵心魄，以小见大，寓柔情于阳刚之内，铸真意于大气之中。

"……有一扇门/它连接失败的往昔/有很多扇门/将通向胜利的新世纪……"《春天里》；"……一个人独立山顶，一些真相/被他有幸看见/雾霭洇染的速度，近似于谎言/是乘法。越来越快/而他的身后，秋风的刀子/正在运用减法/减去浮尘，枯叶，车辆的尖叫/半明半暗的光线——"《暮色之城》。"……它每爬一点/就离天空和星辰/近了一点/它每爬一点/就距离尘世和烟火/远了一点"《秋天的爬山虎》。上面几组诗，与乡土诗有所不同，是他对社会、对时代、对生命的宏观思考，气势恢弘。还能看到满强善于运用比喻、隐喻等修辞，一些司空见惯的事物，一两句茶余饭后的调侃，他却表达了一种曲折悠远的意蕴，一个哲理深邃的感悟，诗句在蒙太奇的转换中刻画出旷远的心迹，诗行里盈满过滤之后的美感与灵动，灼闪着诗歌现实的真实性和诗歌无穷的想象力。二者互相激活又达到完美的平衡。

我在西藏二十余年，抬头看山，屹立的万仞雪山，当地藏族百姓叫做"神山"，站在半山上远眺，往往有碧波潋滟的湖波，藏族同胞又称之为"圣湖"，是的，在那里，在世界上最严酷的地方存在了数百万年、数千万年，上亿年，怎样称呼都不为过，于是我感到人的微小与匆促，知道了敬畏，敬畏天地间的一切，也明白感恩，感激身外的一切。在西藏，当亲人远道而来，要献哈达；当将士凯旋，要献哈达；有朋自远方来，要献哈达；重大节日、重要场面、重要祭祀活动，要献哈达，哈达是藏族人心目中的祈福、祝福、是他们表达真诚真情的全部。满强的文字，满强的诗行，何尝不是献给李家山的哈达，献给勤劳朴实乡亲们的哈达，献给陇东那片黄土地的哈达？

作者简介

史映红，笔名岗日罗布，甘肃庄浪人，军旅诗人，鲁迅文学院19届高研班学员。著有诗集《守望香巴拉》等多部。曾在西藏空军服役20多年，现居山西太原。

让人心痛而惨淡的坚守

沈文辉

看完著名导演吴天明的《百鸟朝凤》，有几个疑问始终萦绕在我的耳际：一是试问这几年做了很多工作的中国非遗保护，出路到底在何方？二是观看整部影片时，我想起的在我身边正在挣扎着的像焦三爷一样的非遗传承人还有多少？三是有多少像焦三爷师徒一样的传统文化的悍卫者还在保留最后一点尊严，声撕力竭地坚守着？又有多少非遗项目在市场经济的冲击下再也没法坚守而散伙？这确实是一个让人感到沉重的话题，也许我们要思考该不该重新认识传统文化，怎样去保护传承文化？如何解决非遗的问题？特别是如何解决非遗传承人的问题？这一连串的在有些人看来或许不是问题的问题的确是一些大问题。

如何让那些老艺人有尊严地活着，整部作品叙述过程是让人沉重的，甚至是让人垂泪的，在特定的历史时期那些坚守传统的唢呐把式，也就是影片中的师傅焦三爷是神圣而遥不可及的，那可是在纯粹的农耕时代让人敬重的老师父和民间艺术家，其实我更倾向于叫他真正的把式，最后徒弟在他的墓碑上刻的是"唢呐王"。他收徒弟是严肃而神圣的，要从德、智、技等多个方面进行考量，他稳健、淡定、不急不忙，有把式的架子，始终坐在师傅该坐的位置上，他冷峻却善良，充分享受尽天、地、君、亲、师的师者应有的待遇,甚而至于直到后来带病吹出血来依然架子不倒,充分传承了唢呐离嘴不离手的祖训和行业底线。

　　徒弟游天明从一开始就是憨态可掬,贯穿在他身上的最大的性格特征是大智若愚,老实厚道,一诺千金,善良有底线,这是作者赋予主人公身上中华民族的传统美德。在历经练习过程中的九九八十一难后方才修成正果,赢得了师傅的认可,得以继承吹奏唢呐手最高待遇的《百鸟朝凤》曲子,这在当时是多么令人羡慕、甚至忌妒的伟大事业啊!他师弟就没这个机会,但后来当了包工头,生活却过得比他们班子的任何一个人都好,这就是剧情的讽刺之一。当镇子上的焦家班变成游家班的时候,让人感到的是初步凄凉,唢呐吹奏已经开始不再神圣。游天鸣的同学结婚时给了很多钱,但他本人却说别吹得太认真,这背后已经初步流露出了对传统文化的懈怠情绪。直到在另一家事情场上洋乐队的出现致使游天明五雷轰顶般地蹲在地上的时候,还有谁再看得起这些坚守传统的真正艺人呢? 一个传统神圣的唢呐班子被那个戴着墨镜的小青年带领的一帮混混拳脚相加,他们在踢打曾经被孝子贤孙们行大礼都未必吹《百鸟朝凤》的唢呐手的同时,踢打的是一个民族对传统文化的认识,用脚踩碎的不仅仅是唢呐,而是我们民族的最优秀的传统文化。西洋乐器以无可争辩的强势,妖艳扭捏的女歌手,场面宏大的号手,绝对的观众战胜了传统唢呐手,这是剧情的讽刺之二。这使我想起了前段时间甘肃陇南西汉水流域的人家去世老人后的唢呐手和电子琴、架子鼓一起合奏的壮观场面。此时此刻,留还是不留,是坚守还是放弃就是个问题,这是新的班主掌门人游天明面临的艰难抉择,既便是说一不二、重病缠身、生活困顿,已经退居二线的老师傅焦三爷亲自上场,也没法改变整个团队的解散。此时,一辈子身为唢呐手的师傅也矛盾了,他无法认识到是在经济浪潮的冲洗和社会变迁中解散了他的唢呐班子,他只怪怨是徒弟没有带好这个团队。年轻的班主游天明一诺千金,就因为这个誓言他才坚守,也正因为这一点才是当年师傅收留他为徒弟的主要原因之一,更是因为这一点给他的生活带来的困惑,到当婚的年龄连个媳妇也找不上,曾经被人们尊为座上客,神圣不可及的艺人再也不神圣。各位民间唢呐把式们流落在城市的各个角落开始了他们打工族的新生活。这使我想起我认识的几个木偶灯影戏团班主,在每年戏班开始演出时到处找人唱戏的事,相同的遭遇是最终留在剧团的往往是一些再也无法在外谋生的老弱病残者。在师傅焦三爷肺癌晚期、生活困顿、卧病在床,游天明父亲卖掉自家的羊,师傅卖掉自家的牛,不是去看病而是买唢呐了,这是一种民间艺术家骨子里死也不放弃的坚守精神。这时,关注民间艺术家的文化局副局长终于代表组织来了,说是要录个非物质文化遗产的资料,这是剧情的讽刺之三。师傅在弥留之际告诉徒弟这个音一定要录,但就是连一班子人都凑不齐,班主游天明在召集旧部时,师兄们伤的伤忙的忙,再也没人跟他回家了,在西安的钟鼓楼前的大街上游天明看到的是唢呐艺人靠吹唢呐乞讨的场景,这是剧情的讽刺之四。就在他来的同时焦三爷走了,他的墓碑上显赫地刻着"唢呐王"的称谓,就是这么一位伟大的艺术家生前专门告诉徒弟,他自己死后也不能享用《百鸟朝凤》的曲子,只能吹《四台》。作品在游天鸣一个人在师傅墓碑前孤单地吹奏唢呐声中结束,空旷凄凉,留给人无尽的惆怅和思绪。这使人不禁要问,我们的国家在前进的道路上把多少美好的传统文化丢失了,还有多少美好的传统文化即将丢失,我们保护非遗传承的脚步是不是应该再迈得快一点呢?

作者简介

沈文辉,中国民间文艺家协会会员、甘肃省作协会员、民协会员、评论家协会会员,甘肃省乞巧文化研究会理事,陇南市民协秘书长、市评论家协会副主席、市白马人研究会会员,陇南师专民间艺术研究中心、文史研究中心特聘研究员,陇南市文产中心主任。出版长篇小说《魔日》《同居年代》等,出版编著作品《陇南谣谚》《陇南乞巧民俗知识 100 问》《西汉水上游的乞巧民俗》(合著)《武都羊皮扇鼓》《陇南文化读本》《茶马古道 100 问》《陇南非物质文化遗产 100 问》《陇南红色文化 100 问》等多部,编辑出版父亲沈瑞各先生收集整理的《西和民间故事·长道篇》《凤凰山》(合著)一书,与人合编著作多部。

用爱诠释地厚天高

——吴东正作品中大地情结的解读尝试

寒　桥

寒桥(李军峰)近照

　　采访庆阳青年作家吴东正,是在他的长篇小说《地厚天高》获得首届"浩然文学奖"之后:四月底,我市著名作家、评论家、《北斗》执行主编李安平老师告诉我,吴东正的长篇小说《地厚天高》获得了三河市为纪念当代著名作家浩然先生而设立的"浩然文学奖"优秀长篇小说三等奖,并嘱咐我,可以采访一下。

　　知道吴东正的名字,是很久以前的事情。因为身世的艰辛、性格的刚毅、人品的厚道、文笔的精彩,他的名字常常被总编李星元老师作为激励员工的榜样,在编辑部会议中提及。于是,便对他有了一个最初的印象。

　　着手采访的第一件事,便是阅读吴东正的作品。因为最初的印象只是一个大概的轮廓而已,以前并未深入阅读过他的作品。于是我通过添加他的博客,经过十几天的深入阅读,才对他的文章及其个人经历有了一个比较清晰的了解,并逐步走进了这位身残志坚的作家的内心世界,体验着他对脚下的这片黄土地和栖息于这片黄土地上的芸芸众生所寄予的深深的爱意和眷恋,感受着他对曾经帮助过自己的每个人的感恩之情,体悟着他对人生、对生活、对生命的深沉思索……

吴东正近照

人心之广,不过厚土;人心之大,不过高天。
惟有恩德,方济天下。

《地厚天高》,一部洋洋洒洒五十余万言的长篇小说,记录了一段从苦难到强大的血泪交融的平民历史。

捧读《地厚天高》,无时无刻不被作者细腻的笔触和处处渗透出的对脚下这片黄土地的赤子情怀所感动。厚重的地域文化,宏大的叙事背景,作者用丰富的想象、炽热的叙述、真挚的情怀,刻画了一位身患重病、以顽强的生命力和博大的胸怀靠乞讨抚养子女(一个亲生儿子,六个养子,一个养女)的伟大母亲,一位几十年来企盼回归的台湾亲人和一个从逃荒落难到四世同堂的知恩图报的大家庭,描写了皇甫家族八十年的荣辱历史,全面反映了董志塬从八十年前经历战乱到今天取得辉煌繁荣的演变过程,表现了民族之根的坚韧不屈和中华一家亲的崇高情怀,可以说是一部感恩祖国母亲坚强伟大的长篇力作和民族振兴的百姓史诗。也正因为如此,作品被称为"承载大爱、牢记使命的永恒信念和精神食粮,树立正能量和复兴中国梦的灵魂关照"。

掩卷遐思,是什么力量促使作者创作这样一部震撼人心灵的长篇大作的?我一直在内心深处思索着这个问题。

其实,细细读来,不唯《地厚天高》,吴东正的每一部集子,甚至几乎每一篇文章,无不表达着作者的大地情怀。我们不妨挑一些句子细细品味:

我叩问皇天,那位站在陇东庆阳厚土之上已模糊了影子的人,是否我的祖先?郊外茫茫的田野里,古老锄头与现代机械共同耕耘着文明历史里的点滴思想与声音。(《庆阳,那片心灵的土地》)

就是在这片面积不大的黄土高原地域的一座半山腰,我的祖辈在那里安了家。从此,我便走走停停出行在这片既充满野古荒蛮色彩又蕴含着乡民悲壮生活图景的地

理间，为它的生生死死而心灵虔诚地顶礼膜拜。(《好好活着，或写给陇东的信》)

在甘肃省版图东部的陇东，她不仅占据了地理学上的些许优势，也缔造了我个人情感认识上的大地情结，使我长久产生着对她的顶礼膜拜和生存希望。(《董志塬》)

假如那一天来临，我就得去和大地第二次赴约了。第一次是生，第二次才是死。这个规律，每个人也都一样。谓之：生生死死，都在和大地约会。(《大地之约》)

……

不必再一一列举了吧！类似这样的心灵对话和泣血吟唱，在吴东正的笔下，真是太多太多了。透过这些或沉痛亦或忧伤、似浩叹又似低语的文字，我们品咂出的是一位生于斯长于斯的作家对给予他生存养料的黄土大地的深情表白。

作者何以能创作出如此之多的寄情大地的文字？已经不必再问。通过阅读吴东正的文字，我逐渐一点一点地明白了，这一切都是源于爱，源于作者对脚下这片黄土地的挚爱。正如《地厚天高》中所说："一切都因缘于一种刻骨铭心的感恩情怀；一切都凝聚着一种深深的永远也不能分割的爱。"

天将降大任于斯人也，必先苦其心志，劳其筋骨，饿其体肤，空乏其身，行拂乱其所为也，所以动心忍性，增益其所不能。

"1995 年开始文字涂鸦，小说集《太平日子》没有太平之意，《红太阳下的白土地》实际是太阳照不到的'黑'土地；散文集《上路者》只是一个人在路上；报告文学集《接上维纳斯的双臂》与残疾人朋友们共勉；好在《地厚天高》是一片心灵的寄托。"在吴东正的博客里，他这样介绍自己的文学之路。

貌似平淡的言语表述，实则包含着太多的悲苦与泪水——这其实是一条坑坑洼洼的不平之路。关于这条路的崎岖坎坷，吴东正在其部分文章中都有透露，并且有很多的新闻媒体作过报道。这里，我们不妨只截取其中的一些片段，以此了解这位作家不平凡的足迹。

1976 年，龙年。在这一年"龙抬头"的日子里，吴东正出生在庆城县土桥乡西掌村一户贫苦农民家里。这本是一个快乐幸福的家庭，不料厄运却早早地降临。就在他七岁生日那天，因为贪玩，在随祖父探亲的路上遭了难，被变压器电残了双手。"这之后，我的生活开始变得一塌糊涂,尽管为了学点知识我四处求借,并度过了一段沿街乞讨的非常困难的人生况境,但在我的心底里,始终对陇东这个地名和在陇东生存着的家乡父老们怀着深深的感恩之心。我深知,要不是有这样一个地方,有这样的乡亲们,我的人生道路恐怕就是另外一回事了。"在吴东正的文字中,我们没有读到他对不幸遭遇的哭泣和对多舛命运的哀叹,相反,我们读到的是他对帮助过他的乡亲和养育过他的故土的感恩。正是靠着这种感恩之心,他学会了用筷子吃饭,学会了用笔写字,学会了用键盘、鼠标创作,学会了用相机快门捕捉灵感……总之,他学会了独立生活,并且生活得有声有色。他后来为自己散文集《上路者》亲笔题写书名,那三个苍劲有力的毛笔字,就是他凭借艰辛的努力而结出的果实,也是他自强不息、奋斗不止的最好见证。

自 1995 年中专毕业到 2000 年,吴东正曾先后三次离开家乡只身来到西峰寻找打工机会。然而因为身体残疾,屡次遭拒。在那段没有饭吃,只能饿肚子;没有地方住,只能睡马路的日子里,他所受的苦,别人根本无法体会。他曾在《有关一些台阶的备忘》一文中,回忆了自己睡台阶的艰苦往事:"十年前我曾经用自己的身体和它们有过长达十多天的零距离接触。准确说,我实际上就是以坐或躺的姿势在它们的身上度过了十多个不眠之夜。"那时,他没有什么工作可干,就是以一个乞丐的身份,在左右碰壁、处处冷落、无人接纳的境遇里,才寄身于这些并不具备人类情感的冷漠的石头台阶。然而,他在文章中继续写道:"可是楼檐会伸出大手挡住雨,墙壁会用厚实的身子拦住风,台阶会出让它最宽广的胸怀,任我东南西北自由选择我认为能够化解掉疲惫身心的最佳睡姿。就这样,我白天四处探寻赖以生存的机遇,晚上与台阶为伴,相偎相依,用充满文学理想化的手法泅渡着人生的这一个段落,并在心里把这个过程确定成为一直教育我自己的备忘教材。"是的,我们不必再为吴东正曾经遭受的苦难而黯然伤神了。因为,从他这种貌似有些阿 Q 的精神胜利法的背后,我们已经看到了他的刚毅、乐观与感恩;因为,那些本来坚硬冰冷的台阶,实质上已经成了他"暂时栖息的疗养地",成了他"避开尘世纷乱的思索空间",成了他"久违的老友"。

1997 年的冬天,怀揣文学梦想的吴东正躺在一间窄小阴暗又没有窗户玻璃的屋子里,经受着凌厉的寒风与肆虐的大雪的双重洗礼。就在那又冷又饿最为难熬的日子,他遇到了人生中的恩师——庆阳地区文联的《北斗》副主编贾治龙先生。贾老师实在不忍心这样一个好苗子因为生活的困窘而中断对文学的执着追求,让吴东正住在了自己的家里,而且这一住就是一年半。因为恩师的资助与提携,吴东正逐渐打开了交际圈子,并常与贾老师外出采访,采访中"每接触一个新的单位,特别是对方领导在场,恩师都不忘要把我推介一番,使我丢弃自卑,也能人模人样地同坐一席。"1999 年,文联组织策划出版一套"北地风"文学丛书,吴东正也将自己创作的中短篇小说整理成一部集子《太平日子》,并在贾治龙、陈默、马步升等众多老师和庆阳地区文联主席张改琴、残联理事长钟文录等众多领导的帮助下得以顺利出版。2001 年,在地区残联领导的努力下他正式参加了工作，成了地区残联的一名工作人员。2004年末，恩师贾治龙还为他主持了婚礼。此后，在各位老师的帮助下，他的小说集《红太阳下的白土地》、散文集《上路者》、报告文学集《接上维纳斯的双臂》相继出版。

"我感谢父母，感谢他们给予了我坚定顽强的意志！"

"我感谢资助和扶持过我的好人，是他们让我顺利地走上了文学创作的道路！"

"我文学创作道路上的每一次收获，都是与领导的支持和帮助分不开的。别人是站在巨人肩上成名，我则是受领导资助成长！"

感恩！感恩！感恩！在吴东正的文字中，有太多太多这样流溢着对身边每个人的感恩之情的句子。他时时处处提醒着自己，永永远远不能忘记这些帮助过自己的恩人。

是的，吴东正的人生充满了太多的苦难。但是，正是因为拥有这样一颗感恩的心，这些苦难才变成了他文学创作的不竭源泉，才让他创作出丰富的文学作品；正是因为拥有这样一颗感恩之心，他才走出了厄运的阴影，走向了文学的平坦大道，走出了人生的飒爽英姿。

为什么我的眼里常含泪水，因为我对这土地爱得深沉

吴东正曾在《好好活着，或写给陇东的信》一文中提到这样一件事：五年前，他家翻修厦房的时候，对门前来帮工的已经十七岁的刘家军娃，张着缺了门牙露风的嘴大咧咧地给众人说："我爸去世后，有人给我妈介绍男人，我说，谁要娶我妈，先给我拿来三千块钱！"

这则故事，让人读来心中有种打破五味瓶的感觉。是"哀其不幸"吗？是"怒其不争"吗？面对这些"一成不变地固守着贫瘠的土地、荒凉的大山，用他们惟一别人永远也达不到的绝对忍耐延续着一代又一代古老的生存模式"的乡邻们，吴东正的内心其实是异常复杂的。他并没有半点贬低乡邻们的意思，这从文章中我们看得出。他只是平淡语言的叙述而已，但是，在平淡语言的背后，我们读到的却是"震撼"二字。

董志塬，一片广袤而博大的土地，我们常用"八百里秦川，比不上董志塬边"来赞

美她的富饶,我们也常用"轩丘在望,乃有熊得道之乡;豳土划疆,本公刘积德之地"来赞美她源远流长的农耕文明。然而,历史的车轮滚滚向前,在推进城市化整体发展和构建和谐社会的今天,现代机械与古老的锄头自然就不可避免地产生了撞击。一方面,面对日新月异的现代文明,生于斯长于斯的乡亲们依然忠实地厮守着这一方曾生我养我的故土,过着日出而作、日落而息的生活。"我为我的父老乡亲们在面对生存抉择时的愁肠百结而深深慨叹"。另一方面,在现代文明丰硕物质成果的诱惑下,年轻的一代无奈地选择了离开这一片"穷乡僻壤",寻求出路,从而抛弃了生我养我的土地。"为什么?为什么我们那么仇恨土地?以致于再也不忍看它一眼?我们所苦苦追求的幸福真的与大地无缘吗?"

"我望着破败不堪、被浓浓柴火黑烟熏得乌腥肮脏的窑墙,内心里充满了比我的先人们更为忧伤的忧虑和焦急。"一方面是对老一辈"固守土地"的忧虑,另一方面又是对年轻一代"远离土地"的忧虑。面对着这片黄土地,作者的忧虑和焦急不能得到化解,从而只能陷入深深的思索。

是啊,数千年来,我们的祖先延续着一条恒定不变的规律,保持着同一种姿态,讲述着同一种话题。面对历史,面对现实,吴东正又能怎么样,我们又能怎么样?"历史真的会远去。"他只有这样的感叹:"我相信,历史的前进足迹必定有它的自然规律,任何发展都遵循着自然法则。我脚下的土地也一样,它用它的'厚度'推动了一场场人类史上的心路历程。"

尾声

对大地的深情,并不是一味的溢美之词,对她的贫瘠、偏僻、落后的刻画、描写,其实也是对她的爱,深深的爱,那种"儿不嫌家贫"的爱。在吴东正看来,董志塬就像一位年老的母亲,包容了一切沧桑辉煌的风雨历程,又流露着世态万象缔造的一切磨难遗存。而他,就是这片黄土地上土生土长的"黄土娃",是接受过这片黄土地的滋润养育的,这里有他的衣食父母,这里有他的无数恩人。

"我将行吟,我将感念苍生们的种种赐与;我将祈祷,我将为某种精神毕生追逐……"所以,在他的笔下,永远有写不完的故土情深。读着这一行行发自肺腑的文字,我们就不难理解他对脚下这片黄土地的赤子情怀:"她缔造了我个人情感认识上的大地情结,使我长久产生着对她的顶礼膜拜和生存希望。"同时,也就不难理解他在《董志塬》一文中发出的这样的呐喊:"董志塬就是我心目中钦定已久的神圣的原。"

作者简介:

　　寒桥,本名李军锋,甘肃庆阳人,中共党员,庆阳诗词学会副会长兼秘书长,庆阳市劳动者文艺之家副秘书长。爱诗词,好摄影,现就职于甘肃省庆阳市西峰区委宣传部《今日西峰》编辑部。诗词作品见于《中华辞赋》《中国诗赋》《诗词月刊》《星星》《星星·诗词》等刊物,并收入《当代诗人词家作品汇编》等诗词作品集。

高自刚和他的陇东打工文学群

贾建成

　　平凉和庆阳,地缘相邻,其地理位置位于甘肃省最东部,简称陇东,古称北豳。这里是黄土高原黄土层最厚的地方,也是农耕文化、民俗文化、崆峒文化、窑洞文化、红色文化的发源地。这里民风淳朴,人杰地灵,文化积淀深厚,明代前七子领袖李梦阳在这里生活栖息,留下了脍炙人口的诗篇,今有甘肃诗坛崛起的"诗歌八骏",其中四人的故里就在陇东,今天,又活跃着一支文学大军,它就是高自刚和他的陇东打工文学群,这无疑给古朴雄浑的黄土高原增添了一道亮丽的文化景观。

—— 题记

当诗歌这种体裁愈来愈边缘化的今天，竟然有一群人抱团取暖，不顾一切地守护着这块家园。我想起了美国桂冠诗人比利·柯林斯说的话，他用冰球守门员角色，定义诗在现代生活中的关键位置，他说："球场上守门员看起来孑然孤立，一旦对手想攻门取分击败我们，诗是最后一道守备防线。"这位缪斯女神的崇拜者，一语道破了诗独有的宗教功能和精神品质，正是诗具有这种无法替代的生命力和亲和力，让一帮打工汉爱得如痴如醉，活得有声有色，尽管他们身处逆境，依然笑对人生。当代女诗人芮琦早有预言："诗能打开封藏各种可能性的密室，让麻木迟钝的恢复知觉，释出希望。"而"这些诗人身份基本一样：出身贫苦，徘徊在体制之外，打工度日，朝不保夕。农民工也好，下岗职工也好，大多是自由职业者或"临时工"，过去叫"搞副业的人"。相对在编国家职工而言，他们岗位不稳定、收入没保障、食宿无着落、希望太渺茫，是当今社会最底层的劳动者，属于关照对象。即便这样，他们从来没有放弃精神追求，没有放弃梦想成真，而是奋起抗争，努力创造希望，实现自我辉煌。"评论家李致博先生如是说。还是一次偶然的机会，高自刚萌生了创建陇东打工文学群的设想。一次他在网上发现一位叫"让梦飞翔"的网友诗写得不错，他就联系让这位网友发过来几首，让他看看，但这位网友答应了，却迟迟不见作品过来。后来这位网友打来电话怯怯地说，说他早上被老人抱下来放了院子，不小心把手机和笔掉在了地上，他无法去拾，父母亲出工了下午回来很迟，加上晚上停电，东西写不出来，他明天发过来能行吗？这件事一下刺疼了高自刚的神经，也让他大为震撼。后来他才知道这位网友 16 岁时因为一场疾病，导致身体高位偏瘫，全身上下，除了僵硬的手指能够勉强握得住笔，他的身体瘫软得几乎难以直坐起来，每天只能靠瘫伏在他独自居住的黄土小屋的土坑上，伴着昏暗而刺鼻的煤油灯读书、写作，甚至在轮椅上整整度过了 28 年。但他对文学非常痴迷，创作了大量的诗歌作品。迄今为止，已在国家级和省、市刊物上发表了 200 余首（篇）作品，并有 10 多篇还分别摘取了全国性大奖。其中，他的处女作《烛火》在中央人民广播电台的《子夜诗会》栏目播出后，还受到我国著名诗人雷抒雁老师的高度好评，并有作品被中国当代作家代表作陈列馆进行展藏。正是诗歌这种无形的精神支柱，使这个农村青年顽强地生活着，坚持着。高自刚就想，我们就不能为他们做点什么吗？说干就干，他和农民工诗人王新荣一商量，一拍即合，于是陇东打工文学群就这样诞生了，一些在天南海北边打工边创作的平凉籍庆阳籍的文学爱好者，抑或叫散兵游勇就被他这个群吸引过去了，他们就像飞翔的鹰，找到了广阔的天空，就像一只漂泊的小船，有了靠岸的港湾，就像一只小鸟有了自己的家。然而，高自刚无疑坐了上群主的宝座，就有了责任，有了动力，有了野心，也有了压力，迫使他马不停蹄地向前奔跑，他脑袋里的马达不停地运转，他不仅要干好自己的本职工作，还要搞好群里的活动，还要抽空搞自己的创作，因为他也是一个文学发烧友，时间把他分成了八瓣，他哪一面都不想拉下。

编辑陇东打工文学群诗歌作品集《月光煮酒》的征稿启事在群内正式刊登后，他组织的第一个文学活动就是成功举办了"面朝大海 春暖花开"——陇东打工文学群纪念海子辞世26周年诗歌大赛。参赛者踊跃，他们白天在建筑工地上挥汗如雨地建设物质文明，下班后，挑灯夜战，在白纸上建造自己的精神大厦。他们利用仅有的一点空隙，伏案创作，抒发情怀，表达对海子的深切怀念和崇敬之情。在这次大赛中，有十二位诗友获奖，其中有张子萍、狄芦、刘玲娥、秦江波、李双双、贾录会等，同时掀起了对海子诗歌的阅读热。在学习的同时，一方面感受到了海子诗歌艺术的纯净和潜在感染

高自刚近照

力，另一方面对海子在生命意识方面的脆弱，给予清醒的指出。作为一个真正的诗人，他不但能留给人们精美的诗篇，而且更应该展示人们在艰难困境下自强不息的精神和战胜困难的勇气，而不是以轻率的举动结束自己年轻的生命，更应该多一份责任，多一份爱，多一份对生命的珍惜。这不单纯是一次诗歌大赛，而是一次有意义的生命讨论，前苏联作家冈察尔说"不能屈服于环境、条件和闲话，不然我们就只是人的半成品！"高尔基也强调"生活的意义在于美好，在于向往目标的力量。应该使生活的每一个瞬间都具有崇高的目的。"打工生活虽然艰苦，枯燥，甚至朝不保夕，但生活的信念不能放弃，爱好不能放弃，奋斗不能放弃，这已是众多诗友的共识，英国诗人雪莱说："诗是最大幸福，最高精神，最美好且最大幸福的瞬间记录。"一个爱好文学的人，更应该珍惜生命，珍惜生活。这次诗歌大赛首战告捷，使高自刚有了信心，也积累了经验，但也给他带来了困顿和麻烦，这个群是打工者由于爱好而走到了一起，没有任何经济基础做后盾，也没有赞助单位，为了鼓励诗友们的创作热情，一切困难只能靠自己解决，高自刚只能自掏腰包给获奖者制作证书，购置奖品，连同邮寄费就花了2000元，并给每位参赛者赠送一套精美的诗集作为纪念，又花去了3000元，为的是多给诗友们一点鼓励和温暖。他也是一个打工者，仅仅靠微薄的工资养家糊口，但为了这个群，他真是不顾一切。

为了保护这片文学植被，维护生态平衡，使陇东打工文学群能持续健康地发展下去，他的第二次活动和庆阳庆酒酒业有限责任公司取得了联系，便拉开了长达一年的

陇东打工文学群"庆酒杯"四季诗歌大赛的序幕,这就是"经济搭台,文化唱戏"的发展模式。一方面支持了地方企业的发展,另一方面给打工文学群提供了更广阔更持久的发展空间,但庆酒酒业公司只提供奖品,并不提供资金赞助。尽管这样,还是减轻了他的不少负担。有了这个平台,大家的积极性更高,创作动力更大,在 QQ 空间、QQ 群晒作品,晒活动,谈体会,互相交流,征求意见。与此同时,高自刚的眼睛一直盯着这个窗口,和诗友互动,解惑,出作业,鼓励,起早贪黑,甚至废寝忘食,有时早上忘了吃早餐,中午一两点了还忙得吃不了饭,感觉饿了,才想起吃点干粮,喝点茶水。虽然他是群主,但并没有架子,平易近人,诗友们很愿意和他接近,和他聊天,和他谈心里话,找他帮忙,他也乐意帮助人,尤其有一颗善良的心。当他获悉宁县焦村乡下个村青年王欢欢患有恶性滑膜肉瘤,嘴张不开,咽不下东西,而且疼痛难忍,向社会各界人士救助时,他第一时间把这个消息发在了群内,倡导大家积极募捐,奉献爱心,给王欢欢家人排忧解难。诗友们积极响应,送一份温暖,献一份真爱,通过捐款捐物等方式为王欢欢筹得善款 12000 余元。其中,甘肃陇南王建花女士一次就捐助止痛针剂 10 盒,高自刚把他的诗集半价义卖后,所得书款全部捐给了王欢欢,他又利用周末休息时间,将善款及时送到王欢欢家人手里。高自刚的爱心活动还在继续,当他知道平凉市泾川籍残疾诗人杜志峰在非常艰苦的环境下,仍然坚持不懈地创作和学习(杜志峰就是本文开头提到的"让梦飞翔"的网友),而他的家也是因病致贫,高自刚就动员群内的诗友帮助杜志峰度过难关,有捐钱的,有捐书籍的,有捐衣物的,共计捐助价值 5000 元。他还积极联系外地公益人士为庆阳宁县高山堡小学捐助衣物和学习用品共计 2000 元,他还动员文友义购贵州省贵阳籍患病女诗人罗敏诗集 50 余本,帮助其治病。

陇东打工文学群在高自刚的引导下,不是为了文学而文学,不是为了写诗而写诗,自古善良和勤奋是诗歌的老师。把文学创作与现实生活结合起来,走进社会,走进底层,体恤民间疾苦,不脱离群众,不脱离生活,把一颗爱心融入现实生活,才能创作出感动时代的作品。如果不食人间烟火,只顾自己哼哼唧唧,卿卿我我,钻进个人的象牙塔,故作高深,佶屈聱牙,还有什么好作品能奉献给人民呢? 2014 年 10 月 15 日在北京召开的文艺工作座谈会上,习近平主席强调,人民是文艺创作的源头活水,一旦离开人民,文艺就会变成无根的浮萍、无病的呻吟、无魂的躯壳。能不能搞出优秀作品,最根本决定于是否能为人民抒写、为人民抒情、为人民抒怀。要虚心向人民学习、向生活学习,从人民的伟大实践和丰富多彩的生活中汲取营养,不断进行生活和艺术的积累,不断进行美的发现和美的创作。要始终把人民的冷暖、人民的幸福放在心中,把人民的喜怒哀乐倾注在自己的笔端,讴歌奋斗人生,刻画最美人物,坚定人们对美好生活的憧憬和信心。习主席的一席话,给广大文艺工作者指明了方向,只有这样,才能创作出无愧于时代的优秀作品。什么是打工文学?打工文学就是现实与心灵碰撞的火花,是社会转型期一支独秀的玫瑰,它的文学价值不容忽视,它置身于当代社会变革时期,站在改革开放的前沿,它以犀利的目光使得理想中的社会形态和现实中的社会形态剥离开来,露出血淋淋的面目,揭示人性,针砭时弊,激浊扬清,传递正能量,使人们的认识由粗浅向成熟过渡。它是一支不可忽视的力量,它的创作具有现实主义和浪漫主义色彩,也不乏夹杂辛辣幽默和批判精神,它是在艰难困境下,用生命开凿的一股清澈的泉水,使对象牙塔里那些不疼不痒、哼哼唧唧、孤芳自赏的文学作品是一次无情的冲击。打工文学的一个显著特点,就是真实,不矫揉造作。可以这样说,打工文学是在生活的夹缝里,在人生的盐碱地里顽强生长着的奇葩。甘肃文学院院长高凯先生说:"打工是文学之源,打工文学是文学之根,打工作家当然是文学的良心。我之所以这样说,是因为我也曾是一个打工者。"高自刚说:"我们陇东打工文学群没有什么华丽的外表和显赫的头衔,没有响当当的文凭,其实就是一群最底层普普通通的劳动者,甚至土里土气,和脚下的黄土地一样朴实憨厚,靠力气挣钱,靠文学养心。就是干乏了干累了,在山头上大吼几声,什么样的烦恼也没有了,什么样的疲乏也消失了。"这是多么精辟的诠释。评论家李致博先生深有感触地说:"我一直想,他们所忍受的精神愚弄、地位挤压和物质盘剥更甚,为何没有将他们压垮?他们坚强生存的力量来自何方?物质贫困普遍存在,理应环境使之然,但却使之不然,他们追求精神卓越与心理坚强也相得益彰。我意思是说,我的挣扎不如他们卖力,很佩服和赞赏他们虽然过着寄人篱下的生活,却在大汗淋漓的辛勤劳作之余,躺在狭窄的出租屋、或阴暗的地下室、或潮湿的工棚里,没有蒙头大睡,还挑灯读书;没有借酒浇愁,还伏案写诗;他们没有空怀遐想,还掩卷思量。总之,他们没有玩物丧志,没有玩世不恭。虽然物质入口处相对窄小,但是,他们找到了精神出口,是诗歌点亮了他们精神上的希望之光,是文学激励他们昂扬向上!起码,他们的励志精神给我做出了榜样!放给我,不但做不到,还有可能自暴自弃、颓废荒唐下去了,而他们,一个个做得很棒!"其实,打工文学的根底就是和泥土相连,和活生生的现实相连,和一个个朴实且很坚强的面孔相连,和时代相连。

高自刚是一个会制造阳光的人,他的天空湛蓝而旖旎,每天都有新鲜的云彩和故事,温暖着大家也温暖着自己,打工文学群除了参加公益慈善活动外,群里的文学活动一直没有停息,开展了同题诗优秀作品展示,如《你那里下雪了吗?》《故乡》《思念》《家》《在冬天里行走》等诗歌比赛和同题散文《记忆里的童年》作品展示;举办了端午、七夕、中秋节、母亲节、庆祝抗战胜利70周年、国庆、2016"辞旧迎新 拥抱明天"等诗歌朗诵会。原来在高自刚创建这个群时,我以为他是心血来潮,一时的冲动,或许是五分钟的热度,没想到他就这样坚持下来了,而且搞得有声有色,有条不紊,影响力越来越大。原来他是"一根筋",只要他认定正确的事,十头牛也拉不回来。他做事,不做便罢,要做就做好,做彻底。由于他的勤奋和对本职工作的热爱,他已连续五年被他就职的单位西峰区公安局评为先进个人。从众多活动中,我也发现高自刚运筹帷幄的潜能在逐步彰显,他超人的组织能力和感召力,让我有些吃惊。他善于发动文友,集思广益,为了搞好群里的工作,他及时和王新荣、贾录会、刘小荷、王宁伟、张子萍、刘武道等诗友联系,征求意见,互通信息。在用人方面,放得开,不疑鬼疑神,正是他这种豁达开阔的胸襟,文友们都愿意听他的指派,各担一面,各负其职,出谋献策,齐心协力,群内活动搞得红红火火。他的为人,也受到文友的好评和尊敬,人气指数不断上升,但他并没有因此颐指气使,刚愎自用,而是兢兢业业,尽心尽力地为大家服务,就像他的笔名高粱,谷穗越饱满,头越低,离泥土越近。随着陇东打工文学群的不断发展,创作队伍的不断壮大,影响力不断增强,他又开始筹划成立陇东打工文学社的事宜。到目前为止,已发展文友268人,其遍布北京、上海、深圳、广州、四川、宁夏、新疆、兰州等20多个城市,高自刚真是香烧得好,各路神仙都来了,甚至一些书画家无私奉献,用他们精美的书画作品支持打工文学群的不断发展,像安石、刘强、郭鸿俊、魏琳琳、李丹、田继文、刘雪玲、白军锋等,一些文艺团体和个人为他举办的活动踊跃助兴。在2015年开展的各项活动中,又得到了当地马野、陈默、杨永康、李致博、李建荣、侯永刚、付兴奎、唐翰存、王钊林、南仁民、王天宁、王圣暄、刘鹏辉、申万仓、秦铭、李宝军、侯平民、路岗等文学界老师的大力支持和关怀,有的自愿当评委,分文不取,牺牲自己的休息时间,支持赛事顺利进行。李安平、孙玉珍、赵龙、闫小杰、高自珍、李军锋等文学刊物及网刊主编鼎力相助,像《陇东报》《今日西峰》《九龙》印象庆阳网、九龙文学院、《崇信文艺》等网站杂志不惜版面,为陇东打工文学群开辟专版。难能可贵的是高自刚还得到了本单位的领导、以及他的同事刘铮先生的理解和全力支持,同时得到了打工文学群文友王宁伟、贾录会、刘小荷、王新荣、樊英、张子萍、刘武道、李天喜、芦苇、刘玲娥、范文静、路粉粉、严克江等全体文友的热情相助。《飞天》《北斗》《董志塬》也将开辟专版发表陇东打工文学群的作品,2015年陇东打工文学群在《诗刊》《星星诗刊》《飞天》《文萃》《甘肃日报》《宁夏日报》《平凉日报》《陇东报》《今日西峰》《北斗》《董志塬》《九龙》《崇信文艺》《梦阳》《潜夫山》等全国各级报刊共发表文学作品1500余首《篇》。有些作品还在全国性诗歌大赛中获奖,并入选全国性诗歌选集。刘小荷、王泽华出版了个人作品集。并推荐秦江波、李丹等6位文友加入了庆阳市作家协会。

高自刚最初的心愿就是编辑一部陇东打工文学群自己的作品集,这个愿望在他不遗余力的努力下和众多诗友的热情支持下,也即将付诸实施。经过一年的筹备和酝酿,其内容越来越丰满,诗艺越来越纯熟,而且陇东打工文学社自己的刊物《高粱》也即将创刊,它的出版是陇东诗坛的一件大事,它将改写地方文学史的发展格局,实现官办刊物和民间刊物同时运行的双轨制,无疑增强了文学创新的竞争意识,是对文学健康发展的促进,也是贯彻"双百"方针的新路子。在《月光煮酒》出版之际,又得到了各行各界有识之士的大力支持和关怀,庆阳市书法家协会主席安石题写了书名,陇东学院文学院党总支书记、文艺评论家李致博先生为本书作序,省内外著名书法家、作家、诗人为陇东打工文学社成立及诗集《月光煮酒》、文学期刊《高粱》题词,他(她)们是:张改琴、王钊林、罗传智、马步升、安石、马青山、高凯、彭金山、牛庆国、唐翰存、张克复、郭晓琦、阮莲芬等。

在筹备"情暖陇原2016新春诗会"中,高自刚和诗友们相当辛苦,诗会在哪里举办?租用哪里场地?仪式怎样举行?费用从哪里来?这对捉襟见肘的打工族来说,确是个难题,当时计划只管一晚住宿,中午吃个牛肉面,但有人提出不同意见,说:你把客人从几千里外请来,就为吃咱们庆阳的一碗牛肉面吗?这不是太寒酸了吗?这不显得我们庆阳人薄情薄意吗?正在大家犯愁时,宁县籍的打工诗友王宁伟了解大家的心头之忧,他慷慨解囊,愿意尽一份地主之意。大家在感激之余,一致拍手叫好,这样他和高自刚两人承担了诗会的全部费用,没有让诗友们掏一分钱。在执着和热爱面前,一切困难都显得无地自容。而且诗会尽量做到了简洁、俭朴,以茶代酒,礼虽轻,情则重,在陇东打工文学群创建一周年之际,2016年2月12日(农历正月初五)在西峰正阳国际酒店四楼会议室成功举办了"情暖陇原2016新春诗会"陇东打工文学社成立暨"庆酒杯"四季诗歌大赛2015年年度总评颁奖仪式。来自北京、上海、深圳、广东、新疆、兰州、银川等地的80多位打工诗友参加了这次盛会,见证了陇东打工文学群发展的历程,品尝了最具特色的文化大餐,感受了老区人民的热情厚道。盛会其乐融融,其意切切,诗情画意,歌舞升平,一派欢乐祥和的气氛,陇东打工文学社也迎来了自己的刊物《高粱》,并建立了自己的微信公众平台,一年的成果,可圈可点,来年的希望,更加真切。我越来越感觉高自刚和他的打工文学群在做一件有意义的事,一件功在文学,益在陇东文化大业和精神文明建设的大事,它正悄悄地改变着陇东诗坛格局,使异军突起这个词更具诱惑力,使生命世界涌出一股新鲜的力量,使陇东大地又添一道亮丽的风景。

诗会结束后,由于操劳、操心、睡眠不足,高自刚上火了,嗓子也哑了,胸也有些闷,人似乎又瘦了,但他还为诗会的仪式有点凌乱而纠结,说准备得很充分,到时候就乱套了,我安慰他说:"诗会办得很成功,很圆满,大家都很高兴,都是一贫如洗的打工者,能办这样有模有样的大型诗会,太不容易了,有点乱也是正常的,微不足道,就像第一次给娃娶媳妇,尽管手忙脚乱,但心是热的,后味是甜的。"他笑了,笑得那样灿烂。

我想,困难是压不倒这个西北汉子的,他刚毅分明的脸上依然透露着坚强和执着。他说:"工厂或田地,或许能阻碍我们身体的自由,但无法禁锢我们飞翔的翅膀;艰难和贫困,或许能阻碍我们生活的脚步,但无法禁锢我们美好的梦想!"

可以说,高自刚爱护他的这个群,就像鸟儿爱护自己的羽毛一样,用呕心沥血、鞠躬尽瘁这个词来形容他,都不为过。他的梦想依然存在,他准备花五年的时间,把陇东打工文学群推出去,用诗的品质说话,在中国诗坛占一席之地,这是何等的胸怀!

不过,他说:"这得从一点一滴做起。"

作者简介

贾建成,笔名成鸣,1958年2月出生于甘肃省平凉市。曾插过队,当过养路工。2002年由于国企改制下岗失业,靠打零工维持生计。甘肃省作家协会会员。

从事文学创作以来,已有300余首(篇)诗文散见于《诗刊》《诗神》《星星》《飞天》《诗人》《青年诗人》《作家报》《工人日报》《敦煌诗刊》《陇东文学》等报刊杂志,并有作品获全国性征文奖和省级奖。著有诗集《红月亮下的乡情》和长篇小说《记忆》。

短评五篇

申万仓

私密的宣泄与细碎的抒情
——试论窦万儒诗歌的人文意义

庞德说过，"诗歌是种族的触角。藐视诗歌的民族是毫无希望的。"

"考察一个民族的思想深度，首先要了解它的哲学；考察民族的生存意识和存在状态，则需要读它的诗。千百年来，中华民族延续着诗歌的精神血脉。在每个历史时期，诗歌总能最先发出自己的声音。""诗歌的意义在很大程度上是指向自己！"诗人对于诗歌的意义各有言说。读窦万儒的诗，心中竟然有豁然开朗的感觉，诗歌的意义确实是只对诗人本身有意义了。这种意义就在于宣泄自己的感情，编织自己的梦境，在自己所营造的"幻境"中装扮自己进而唤醒自己的灵魂。读窦万儒的诗，需要远离喧嚣，放下重负，静下心来，深入到他的语言之中。需要在他私密的宣泄与细碎的抒情中，探寻他身处烦嚣却努力安放宁静，身处现实却努力放飞梦想，在自我矛盾之中开掘心灵对话的渠道，去奋力提引塞外高天的黄河之水的虔诚和挣扎。我们试看窦万儒是如何言说"轻"的，"神秘的声音在风里穿行/像一股凉气从枝蔓上飘下来/那种轻，使/光阴和流水，遁于无形//所有的草木挥舞着青葱的手指/像黄昏，晚祷的钟声/跨越城市上空/在纸上,淬火"(《轻》窦万儒)这是轻吗？这是真正的举重若轻,是人文意义的表达。

西方诗人西尼说,诗歌是为了更好地认识自己,让黑暗发出回音。诗歌对于诗人而言,是一种参修、悟道的方式。从这个意义上说,诗歌是一种最为个人化的写作。窦万儒在诗歌中以怎样的姿态存在着？

窦万儒诗歌的字里行间,隐藏着三个元素,即人性、理性、超越性,也就是我所要言说的人文境界。"不需要太多/有身体里抽出的两根嫩条,就够了/有一粒红樱桃的照耀,就够了/有两粒土豆用微弱的目光爱抚,就够了/有几个安静的下午/为自己调制一小杯咖啡/或在深夜忽然醒来,听星星们在天上/说淡蓝色的话语/就够了"(《幸福》窦万儒)诗句彰显的是一种精神存在的价值,表达的主旨就是尊重人的自由与选择。"镜子里,一小片叶子/时间的残骸/那么多的水,稍纵即逝//街上,车子嘎的一声/像什么卡住了喉咙/夜很静,路灯在追忆着什么"(《审视》窦万儒)理性的思考,真理的追寻,思想饱满的文字,在试图言说时间的轨迹。"一只闲置在山坡上的金盆/风一吹,就叮叮当当鼓噪起来/那些甜蜜的蜂儿、蝶儿/是秋天胸口的花朵//一种安宁来自低处/蛐蛐的村庄,蚯蚓的流水,蚱蜢的秋千/这些亲人常年这样劳作,歌唱/站着的人,看不见"(《秋天的山坡》窦万儒)这是发自灵魂深处的追问,大千世界,未知领域,有太多的迷茫,需要坚韧不拔的精神;追求真理,积极进取,叩求生命的意义,需要宗教的虔诚和朝拜。

窦万儒对诗歌的人文意义,怀有一种高远的理想。人生所追求的不仅仅是物质和欲望等外在条件,还应该追求和涉足更高尚的精神空间。窦万儒用他的作品来记录这个追寻和涉足的过程。人文精神能为他自己的行为树立一个道德法则和光亮的目标,以此来约束并激励他自己。

诗人是诗歌的创造主体。窦万儒对诗歌人文境界的深入有着时段背景,其内心的希望与愉悦、苦闷与彷徨在难以倾述和排遣时,这时诗歌是最好的载体,是贴心的朋友。诗人的人文情怀与诗歌的人文意义一脉相承,相辅相成。首先是汉语老师身份的窦万儒秉承了中国文化体系中的"文章,经国之大业,不朽之盛事"的文学传统,为人生而艺术;其次是窦万儒竭力去体验大自然与表现大自然,并以此来传达个体的生命经验和营造构建自我理想的精神王国;三是窦万儒企图点燃神灵的灯盏,窥视汉语的秘境。诗歌的人文意义,在窦万儒这里,是无意中探寻出的水晶。它包括可见的与可思的随心构造。

乌鸦
风开始演奏,乌鸦扬起羽毛
之后是关山,流水

一只乌鸦是一首锋利的诗句
唤醒四月的村庄

　　这是《乌鸦》这首诗的选段。《乌鸦》这首诗,不见得是窦万儒最好的作品,却是最能彰显窦万儒诗歌人文价值的作品。他用锋利的诗句,在唤醒四月的村庄,我们阅读者不能不期待满目盎然的春意。

　　窦万儒的诗歌在立意、编排、组织、架构、意境、层次上,无不加载他一双睿智的眼睛和一颗慎思的头颅对身外与内心的空间组合和虚化融合,力求在情感、理想、人格追求等方面来一次同构与共生,达到多层次多维度的寓意。窦万儒以诗歌来具体化其对于外界的印象还有内在的感受,在诗歌创作中他以语言本身取代个体在现实生活的行动,或者确切地说,他的表达,就是现实的行动。他在诗歌创作中,既坚守着他个人的思想空间,又窥视着外部的事物,在这种状态下,他的创造性思维得到了提升。这就是窦万儒的诗歌之所以能轻易唤醒潜藏在阅读者心中的个体性经验,让阅读者以自己的目光,从他的诗歌中看到个体的自由发展和人性尊严的光芒。这时候,他的诗歌成了一面多棱镜,反照着书写者与阅读者共同的人文感受和意义呈现。这时候,书写者与阅读者都不再封闭于个人狭小的世界,也不再盲从于意识形态的灌输,他们能够感觉到自己作为人的愉悦或痛苦,他们会在诗歌中认出自己。

那一夜

那一夜,雨不停地下
窗外的石榴花落了
一朵,两朵……

那一夜,竹子在风中颤栗,并向灯光靠拢
山道上的车子像通体发亮的青虫
保持着特有的速度和向度

水面如一片盛开的苇地
从南到北是七步,从北到南是七步
逾越的浪,像一头猛兽

那一夜,江南湮没在杂乱的雨声中
进站的火车隔着黑夜应答
高一声,低一声

我认为，《那一夜》是窦万儒一个人对另一个人的私语，它能给写作者带来倾述的欢畅和宣泄后的安静，它能让阅读者接过对于生活的容忍、认知与期待。诗人是以白纸的方式进入诗歌，阅读者是以白纸的方式进入感受。白纸，是指书写者和阅读者心灵的纯净程度。

事件
早晨，一辆轿车与两筐水果相撞
不识红绿灯的果子头破血流
躺了一地

急救中心二楼
一双沾满化肥农药的手在电击中抽缩
散发着越来越重的冷

从乡下赶过来的啼哭像一道幽暗的门
一个人默默地飘出去
一群人，涌进来

　　诗歌《事件》虽然不能改变什么，它甚至不能让社会丑陋的脸上感到丝毫的疼痛，但是夜深人静的时候，它却能抚摸出我们深藏的眼泪，能从我们有伤的心里轻轻抚过。
　　诗歌开辟的天地是广阔而神奇的。诗歌让窦万儒的内心开始丰盈和充实，也让阅读者的内心和视野开始丰盈、充实，这就是窦万儒诗歌彰显的人文关怀和现实意义。

谁在捻亮一座村庄的光亮
——从刘政先生的散文谈起

　　一个人的生命旅程中，要经过多少村庄呢？又有多少村庄能在自己的心里留下深刻或不灭的影响？我相信，当我提出这个问题的时候，大家都要费一番思索的。对我来说，四十多年的行走，能记住的村庄确实不多。我经过的村庄，曾经给了我行走的天地和维持生命所需的食物和饮料,随着时间的过往,我忘记得都差不多了。那么,一篇文学作品,又能在一个读者的心中留存多久呢?

研读刘政先生的散文集《井坳》时,我又开始想这个问题。

刘政先生是我尊敬的兄长,他在我们所处的地域范围内,有一定的地位,拥有让我们这些世俗的人仰望的光环和荣耀,我们在有限的接触过程中,一直称呼其职务。当一次大家集中在一起,研讨其作品时,他郑重其事地提出,在文学圈子内,他仅仅是一位作者一位读者,称兄道弟都可以,决不能以他的职位论高低。称呼他的职务,有贬低他所孜孜以求并勤奋耕耘的文学作品的嫌疑。他说得真诚而慷慨,大家立时改了称呼,他喜笑颜开。一位作家,对待人事和生活的姿态高低,在一定程度上,决定他认知社会人生的思想水平和作品的高度。

拜读刘政先生的作品,是从他在新浪建立博客开始的。庆阳文坛有互帮互助、相互激励的良好传统,在前辈陈默先生等作家的潜移默化和指引下,大家时常定期不定期相聚,相互探讨,交流思想体会,我因此得以认识刘政先生。从关注他的为人处事开始过渡到半夜三更阅读他的作品,他做人的淡定、敏思、激情、求索、感知和对人性、世事、人情、历史、时间的拷问,都在他的作品中呈现出来,那是情感的火焰和思想的阳光。

在倾听老师和文友对《井坳》的研讨发言时,我恍然大悟,让旅者对一座村庄记忆犹新念念不忘的人,就是那为数不多的一位或者几位捻亮一座村庄灯光的人。故乡不能忘记,是因为父母为儿女永远亮着那盏回家的灯;凤凰不能忘记,是因为沈从文用他情感的记忆,为凤凰点亮了一盏明灯;绍兴不能忘记,是一位叫鲁迅的人,用他的思想,把一轮明月高悬在绍兴的上空。我们能深深记住的地方,是它曾经给我们的内心注入过温暖,给我们的眼睛提供过光明。深入刘政先生的散文,就有进入一座村庄的觉悟,他的作品给人能留下深刻的记忆。他的散文,就像一座村庄一样朴实自然,充满人间的烟火,能让过路者看到希望和光芒。

城市化的潮流,湮没了多少村庄,也就站起了多少楼房。水泥制造的林子,人成了高楼搭建的鸽笼里的鸽子,只能不断用流水冲刷着自己制造的垃圾。城市给人的影响,几乎都是声色光影,那有限的宁静之地,都被那遛狗之人占据了。精神的逃亡之地在哪里呢?

乡村,是灵魂永远的家园。久居闹市的人,如果你能捧读刘政先生的散文,会在字里行间,找到自己诗意的故乡。

话说回来,乡村还有不完美的地方。任职的刘政,有许多的工作,耽误了他经管自己的村庄,庄前屋后,有些树木营养不良,有些花草不够鲜亮,有些果子稍显青涩,需要他腾出更多的工夫,细心呵护。

与散文有关的几个词组

——兼叙傅兴奎的散文写作

"我以为作家本无足贵,可贵者应当是他能产生作品。作品亦未必尽可贵,可贵者应当他的成就或足为新文学运动提出个较高标准,创造点进步事实:一面足以刺激更多执笔者,有勇气,能做各种新的努力和探险,一面且足以将作品中可浸润寄托的宏博深至感情,对读者能引起普遍而良好的影响。"读傅兴奎先生的散文集《城乡纪事》,沈从文的这几句话不时萦绕在我的耳际。作家的价值、作品的分量是通过作品本身来体现的,是通过读者的眼睛和心灵感知的。读者阅读的时候,是不考虑作家创作的手法和技巧,读者需要获得的是审美的愉悦和思想碰撞的火花。对散文的定义界说,教材和专著说得够多了,好的标准也有各自的审美尺度。我却有个坚定不渝的认识——思想和情感是大美文学作品的两扇翅膀,写作的理由纵然千变万化,能打动读者呈现在读者面前的作品,无一不是思想和情感这两扇翅膀自然开阖张歙的结果。在开始写作时,或许是一时的情感冲动,或许是一些感性认识,或许没有经过充分的思想酝酿,但当一篇能称得上美文的作品问世的时候,思想和情感这两扇翅膀已经开阖张歙收放自如了。

"很多道理还没有想通,很多事情还没有理顺,父母就在我们的叛逆和忽视中老了,并且老得一发而不可收。眼睁睁看着他们头发变白、腰腿佝偻、牙齿脱落,甚至中风不语、卧病在床、不辞而别,给我们留下了无尽的歉疚和遗憾。这时候,我们才感到亲情的珍贵和现实的无情,可一切和泼在地上的水一样,却再也无法捡拾了。"(《有些东西注定要成为记忆》)傅兴奎这些饱含深情的句子,呈现的是我们已经经历或者正在经历或将要经历的生活,是无可置疑的客观现实,他道出了一个"子欲养而亲不待"的人生遗憾。通过那些生活场景的再现和有感而发的自言自语,把他的情感和思想准确地传达给读者,引起了思索和共鸣,应和了沈从文先生所说的"对读者能引起普遍而良好的影响"。我对作家、图书策划人、媒体研究人师永刚说的"还原事实比批判重要"的观点比较认同,他说:"批判应该列在第二位,中国作家第一要做的,是客观地还原现实,建立正确的价值观,突破原有的框架,很多作家在框架中已经太久了。我一直在想两个问题,第一,我们的文学作品,有多少是真正有时间长度的?一部作品一两年人们就忘了,就比如郭敬明,他的作品能被人记住十年吗? 文学作品真正价值不在于能卖多少钱,而在于能在时间的长河里留存多久。第二,我们的文学作品,为什么总是不能在世界上引起文学的共鸣？我想这两个问题，都有同一个原因，就是我们的很多作家，本身没有正确的价值观，没有和普世价值相契合、没有能够被世界上大多数人所认同的东西。"傅兴奎从容地坐在书案前，面对徐徐吹来的清风，坦然铺开等待已久的纸张，率意地挥洒生活给予的颜料，人生现实跃然笔端，社会形态突显其中，让文字说话，请读者判断，用文字的光芒照亮注视的眼睛，是非曲直交给读者，喜怒安乐在心，作者置身于外，看水塬河涨。我的世界观在文字的清流中，润泽流经之处的根须，普世价值顺意潜入，浸润无声。傅兴奎说，"过年的时候，大家坐在一起高高兴兴地谈论着愉快的话题，不觉到了做饭的时候，母亲问我们谁去打两桶水回来，哥连想都没有想，回过头就支我去打。大家都在兴头上，我就装着没有听见的样子。母亲二话没说，抓起桶就出去了，我们这才纷纷跳下土炕抢着出去打水。"（《缠绕在辘轳上的井水》）"桃李不言，下自成蹊"，事实胜于雄辩。文字开启的尘封已久的盖子，倒出的不仅仅是苦涩，还有一丝淡淡的甘甜。傅兴奎在后记中写到，"这些很难称为散文的文字，在很大程度上也是我个人的心路轨迹和情感历程，如果把它烂在肚子里等待机会成熟，可能会成为一种偷懒或者拒绝接受批评的托辞"。宗白华先生在论述《美从何处寻》的时候指出，"自己住在现实生活里，没有能够把握它的美的形象。等到自己对自己的日常生活有相当的距离，从远处来看，才发现家在画图中，溶在自然的一片美的形象里"傅兴奎以他的写作实践，来实现散文这种"看上去亲近思考起来悠远的文体"的美学价值，或工笔微毫或泼墨写意，展现小说的细节，张扬诗歌的神韵。林贤治在谈论《散文无问题》时说，"是自由赋予散文以灵魂，失去它，所有的文字便成了一堆沙粒，潮湿的劈柴，没有生动的火焰。"情动于衷而形于外，率性而为，自然随意，果实彰显果树的价值，文字的魅力在于打开读者心灵的天空。

内心阳光与窗外烟尘。傅兴奎说，"一个生锈的大齿轮往当院的槐树上一挂，就可以号令这个院子里所有的师生了。一走进这个院子里，不管心情如何，我都得按照它的指令行动"（《我的非教学课件》）。客观现实是不以人的意志为转移的，窗外云山雾罩的烟尘，不断挤压有限的生存空间，命运的历程，往往迂回而曲折。内心充满阳光，才能廓开迷雾，显像生境，意境在现实的肩膀上，考量美学、道德学、心理学的细微与魅力。邓晓芒在论述《当代人文精神的现状及其出路》时谈到，"一旦意识到谁也不必怕谁，中国文人们就总是自说自话，互不买账甚至不理睬，汉语似乎不再是交往的工具，而成了各人封闭自己的壁垒，回过头来看，人们好像比不争论之前更糊涂了。"傅兴奎以他的憨厚实在、阳光真诚和坦荡襟怀深悟中国的人文精神和道德情怀，关注现实，超越现实，在自我寻找中，置身度外，物我两忘，情感和思想自由飞翔，实践和证实着沈从文先生提出的"创造点进步事实"的作文理念。

颓废的乡村与疯长的城市。"一个曾经枝繁叶茂硕果累累的园子，一下子从我的视野中彻底地消失了。无论长在园子里的那些果树的生命力多么旺盛，都无法在这些青灰色的楼房上长出新的枝桠来"(《父亲的果园》)。父亲的果园成了商业区，曾经果实飘香的园子消失了，乡村的颓废与城市的疯长与日俱增，语言文字所承载的使命，在市场经济概念的消解中顽强站立，走出滚滚红尘的瞬间，意义开始生成。傅兴奎在《最后一季麦子》中坦言"说来很惭愧，生在世代耕耘的农家，生在号称粮仓的陇东，我却一点也不喜欢麦子收获的过程。"不劳而获可以说是人的天性，后天的学习改造，才使人知荣辱，明廉耻，懂得人生的意义与价值，明白从哪里来，要到哪里去，个体与群体的关系，生命与社会的连接，当下与未来的里程，现实与期望的距离，矛与盾的如影随形，情感和思想相扶着一路走来，必将说出我们的失望与担心。"我知道，父亲和与我们生计有关的麦子最终将彻底离我们而去"。留下的空白有如陈子昂登幽州台歌所传达的意境——"念天地之悠悠，独怆然而涕下"，辽阔幽远、空旷苍茫。

秉承的传统与追逐的时尚。"随着病情的变化，母亲像变了一个人一样。但在她的心目中，有一样东西始终没有变，那就是对儿孙们的爱心。只要孩子们放学回来得迟，她就哭着说他们可能出事了，要我赶紧出去接他们。因单位临时有招待，我就跟着客人吃酒席，可母亲却告诉大家，她看见我在大街上饿着肚子下苦力"(《刻在头巾上的牙痕》)。世事推移，季节更替，时序千变万化，不变的是血液里流淌的始终温热的血缘亲情与爱心传承。这虽然是一个恒大的主题，但在每一个人柔软的心田里都流淌着一泓涓涓细流，它有着极其丰富的源头，广阔的前途，并有极强的浸润感染力，流经之地，繁茂葳蕤一片养眼的绿色，能抚慰一颗艰难跋涉沙漠的破碎之心。传统秉承着强大的生命感染力，它能廓清现实的芜杂，显露文学的纯真。历经心灵之旅的散文作家，就像经过生活麦田的农夫，伸手摘取几支麦穗，用手掌揉搓几下，轻轻一扬，麦壳秕子随风飘去，留在手心的，全是饱满的麦粒。傅兴奎就是这样的农夫，我不知道他耕耘时洒下了多么艰辛的汗水，在品读他的散文时，我确实分享了他的喜悦。如果这也算时尚的话，我愿意追逐这种从麦田里走出、从深厚的传统沃土上站立起来的时尚。

生活絮语与时事泼墨。朱光潜先生在《谈美书简》中写道，"当然也有人逛北海会起作诗作画或写游记的兴致。北海里那么多的好风景和人物活动，当然不能整个都放到诗或画里，总要凭自己思想感情的支配，从许多繁复杂乱的映象之中把某些自己中意而且也可使旁人中意的映象挑选出来加以重新组合和安排，创造出一个叫做'作品'的新的整体，即达·芬奇所说的'第二自然'"。散文的随意自由洇染，装扮了散文的真实，提升了散文的美感。不论是生活絮语还是时事泼墨，只要情感流淌过来，思想的鲜花就能够盛开，谷穗的低与麦垛的高所传达的都是丰收的景致与劳作的喜悦。优秀的散文是一幅精美的中国画，有着深远的意境和清淡的品质，能经得起时间的咀嚼和回味。读傅兴奎的散文，犹如读中国画般的轻松自然，当你转身离开画卷的时候，却有些许思考和感受萦绕于怀，久久挥之不去，心灵的湖面蓦然泛起层层涟漪。"雪和年是冬天送给北方乡村最重要的礼物，她们像年年岁岁亘古不变的农事一样，是人们所要从事的一种重复活动，但正是这些古朴自然的活动，才赋予了人们全新的精神风貌，才引领着人们从一年走向下一年"。（《冬雪大年》）傅兴奎的这段话是写"雪和年"的，在我看来，同样可以用来诠释散文创作。

启封的记忆与现实的镜鉴。"那一年，我们去平凉崆峒山，先生交给我一副对联，让观里的道士去对，那道士说他想好了就给我们寄来，二十多年过去了，不知那位道士还在不在人世，反正他没有给我一个满意的答案，自以为是的我也向先生说过要对出来的话，终因修炼不到家而未能如愿。'如来如来如何来'的上联还和多年以前一样在我的心里悬着。先生，不知道你现在想出下联来了没有？"（《我的先生张剑》）淡淡的忧伤，道不尽的怀念——优美的意境在字里行间弥漫。宗白华说，"审美的真正的辨别不是愉快，愉快是随着审美评判之后来的，而是那适才所描述的心意状态的'普遍传达性'"。傅兴奎就是在记忆的匣子里，掏出了可与现实镜鉴的人事情状。傅兴奎平静真诚的叙述，貌似漫不经心，随着人物事件场景的推移，当历程结束的时候，目的已经到达。他的作品带给读者的震撼在于：昨天的过程就像现在正在行进，予读者皆有所感悟和启迪。把读者从碌碌无为平庸昏聩的现实世界解放出来，心灵的窗户轰然打开，人情世故开始透明，新鲜空气扑面而来，精神愉悦，神清气爽，视力所及，思想飞翔。德国十八世纪大音乐家乔·弗·亨德尔说过，"如果我的音乐只能使人愉快，那我感到很遗憾，我的目的是使人高尚起来"。历史语境无论发生怎样的变化，作家沉默而作品开口说话却是千古不变的事实。陈列几个词组，仅是我摆起的一组列石，是为了横跨一条流经我面前的河流。真正的答案还在写作的路上，在阅读的过程中。

抗争·坚守·向往
——《野骚》的现实色彩与梦想光芒

花好月圆自井中露出笑脸，美好愿景在笔下阳光灿烂。《野骚》中的人物一出场，就提着一面魔幻的镜子，照出了现实的尴尬与梦幻的暧昧。

大脚秀子的一声嬉笑，像一只突如其来的漂亮的啼鸟，撞破了虚伪宗法的窗户纸，乘虚而入的春风，把捍卫宗权却虚汗淋漓的陈十一掀翻在地。戴着假仁假义面具的帮凶诸如陈十一的儿子陈尚文，在宗庙祠堂里，帮陈十一拷问，"这成何体统，大脚媳妇闯入祠堂圣地，污了先人神灵，捆起来，按族规惩罚……"（第一章第5页）。而在月色朦胧的夜晚，用尖刀撬开秀子的门，爬上秀子的炕，当"秀子从梦里爬起来，忙擦亮火柴点燃了窗台上的老油灯，她在昏黄混沌的灯光里，认出了陈尚文，他掩盖着衣襟说:'碎大,半夜了你来干啥?'陈尚文色迷兮兮地盯着秀子还未掩住的丰隆的大奶子说:'碎大想你哩,想得睡不着,来给娃儿作伴来。''碎大,我脚大你不怕辱了你先人,给你染了倒霉气,败了你八辈子的运。''……碎大,你是我的长辈呀!咋能做愧对先人的事哩!''先人早都骨头扬了灰了,还知道啥愧不愧哩!'"(第八章第54页)随着故事情节的推进,故事人物随口而出的精彩对白,非常巧妙自然地把现实的花盆抖了个底朝天,花盆里埋藏的虫子污秽洒落一地。

代表宗法政权的人物,在台面上,冠冕堂皇,仁义礼智信,道德文章;在人背后,禽兽不如,极私欲之所能,无恶不作。这是《野骚》所揭示的人性丑恶的一面,也是正义良心全力抗争的一面。欧阳豪适时出场,扶弱抗暴,扬善除恶,抗争的红烈马凌风来去,驾驭其上的欧阳豪像一面正义的旗帜高高飘扬。正义的力量虽然弱小,但积压日久那瞬间的爆发力,足以把黑夜戳个窟窿。

而随着戳开的窟窿透露出的曙光,竟然是野狼岭的狼母撼天动地的旷世大爱。良善的坚守者竟然是往昔世俗意义上形象不佳,甚至代表凶残狠毒的野狼。与人们经验直觉的期待截然相反,人性显露出的恰恰是贪婪的兽性,教化人心的却是野狼岭群狼的首领狼母。连狼母都看不惯人世间的污浊丑恶,带领群狼毅然出山,贡献狼的乳汁抚育培植人间正义,撒播良善的种子,复燃濒于泯灭的火星,挽救正义的力量。掩卷沉思,连禽兽都开始挽救美好,走向良善,作为"人之初,性本善"的人,被欲望的黑夜熏染的人心,经受的阳光多了,怎么就不能幡然醒悟呢?

欧阳豪的女人要生娃,出血不止,"黄道婆说,要搞些棕树皮毛,熬成汤给喝了大血能止。这哪里找呢?"欧阳豪曾经的仇敌"陈十一说:'我家骡子鞍上的垫子是棕树皮毛做的。'随即让人拆出来又熬开了。牡丹喝了棕毛汤血慢慢止住了。""这时,大门外响起了红烈马的叫声,欧阳豪像周仓一样闯了进来,他看见又白又胖的孩子双手抱了起来。这时,宁州城外的枪声急骤了起来,向大陈村响来。陈十一说:'这枪声是奔欧阳豪来的。'又转身对他说道:'你赶快走吧,家里的事我们管!'"(第四十三章318—319页)

陈十一从人物布局中一出场到将要谢幕时的前后言行举止的转化,正是《野骚》引领读者希望看到的最向往的结果。宗法政权是为广大百姓谋福祉的,把持者作为一种工具服务一己私欲的局面,总要被大众所改变,历史的车轮滚滚向前,前行者总能看到春暖花开。作者运用魔幻现实的笔法,在作品营造的天上、人间、地下三重世界里,塑造各具面目的人物,或蝇营狗苟,或敢作敢为,或道貌岸然,或光明正大,或贪婪无赖,或世故圆滑,或丧心病狂,或播火施种,并循着抗争、坚守、向往的理想信念,穿插社会人文、历史典故、民风民俗、乡村歌谣、民间故事、心灵的叙述与描写,娓娓道来,充分宣泄了现实的斑驳陆离和梦幻的光芒四射。《野骚》一面批判现实的丑陋,一面呈现世事的美好,作者把美好的希望甚至都寄托在凶残贪婪的狼身上,野狼都能行善事,积贤德,播福施仁,连禽兽都呈现出人性的良善,具有了明辨是非的美好,社会人心怎能不出现曙光呢?春天总会来的!

《野骚》是一部真正意义上的大作品。细细读来,字里行间传达的人物言行、情感命运、欲望表现、利益争夺、抗争的血雨腥风呼之欲出。而伴随世事险恶、前途渺茫、道路曲折、孤灯独明、风雨飘摇、电闪雷鸣与之而来的,是黑夜下正义信念的坚守,是千般的艰辛万般的孤独,文字透射出的寒冷直抵心灵深处。内心的寒冰,可以冰冻世界。内心的烛火,可以照亮天地。《野骚》真正意义上的伟大是它的语言文字所营造的魔幻现实世界。翻开书,那一只只朴实无华的文字的黑蚂蚁,鲜活地密密麻麻地行进在现实世界之外,魔幻世界之内,确实是能撼动人心灵深处的爱和痛。

《野骚》读后,感觉与世俗社会拉开了距离,心中的轻浮和躁动荡然无存,美好良善像一座仰止的高山,巍然屹立于道德的地平线之上。一部伟大的作品,意义的彰显在于能否影响读者的思想和行为,为历史留下一幅图景。我固执地认为:《野骚》已经走到了影响读者的思想和行为的路上。

解构生活的卑微与生存的强大
——朝歌小说的意义与方向

朝歌兄要出作品集,嘱我写篇文章。问了最迟交稿期限,有一个多月时间,自以为满够了。自答应作文开始,就再次捧读朝歌的作品。越读越不敢下笔,越读越不知如何完成这篇冒然应允的作文。思谋着赖账,又怕失却我"言而有中"的秉持,沦为言而无信之人。左不是右不是,后腿无路,只能硬着头皮前行。夜以继日深读作品,甚至拿起笔给朝歌的作品改起他一时疏忽弄错的"的、地、得"来。一边阅读朝歌发过来的电子版打印稿,一边比照手边能寻找到的朝歌已公开发表或出版的作品来读,对比其中细微的改动。

多少个夜晚,我欲罢不能,从书房到客厅,到床上,手不释卷,逐字逐句,审读朝歌文字中建构的真善美。

读来读去,朝歌所写都是市井生活一些平常之所见,没有华屋高言大语,没有惊天动地之举,一些卑微如蝼蚁却能顽强拼搏、自食其力的人,在他笔下鲜活如春,开放各自的花朵。字里行间流淌涓涓山溪清流,夹带一些落花枯叶,自然婉转。似有和风习习,突然白云变脸,蓝天退隐,阵雨淋衣,心跳人急,忽感前途艰险,路途遥远。

朝歌从庸常的生活中探求生存的春夏秋冬,解剖人生的炎热寒凉,从普通的事件中挖掘人性的沦落与良善。他用细腻而丰硕的语言浇筑了一个又一个美好的梦想,触动向真向善向美之心。笔下的人物,或许比较矮小,经由他的塑造,渐渐高大起来。精神之力,有如石板下的种子,朝歌的作品,或是促使种子萌发的春雨朝露。朝歌的小说,把重大的社会问题,放在一群或者一个个小人物的身上来书写,血肉筋骨活现,有点像浓缩的社会图景,却纤毫毕现。初读能读得趣味盎然、意犹未尽,再读就有一些苦苦的忧伤与哀痛,深读能读出其中蕴含的悲伤血泪。

一、关注生存的方式与存在的意义

朝歌的小说虽然都是从小人物小事件落笔着墨,而他书写的却是普通百姓的生存方式,揭示的是一个个卑微生命的存在意义。在他笔下,连旺多镇城管局治理狗患露网的小狗"白白",都被赋予了美好的精神光芒。

哈二与"白白"是小说《人与狗》中的主角。"白白"在旺多镇清除狗患的行动中,冒死投身小矮人哈二的膝下,躲过一劫,自此狗与人相依为命、抱团取暖。哈儿给"白白"供给了生存的食物与必要的保护,"白白"的到来打破了哈二多年的寂寞,有了倾述交心的对象,及其与之顾影自怜的伙伴,哈儿的精神生活暂时获得了极大的慰藉。

哈二因又矮又小、生命存在缺陷,远离亲人,流落异乡,早出晚归,屈居闹市一隅,赖以演奏胡琴获取听众的好感与路人的同情,谋取赠予与施舍来生活,勉强维持生存之需。

"哈二有些烦操,伸出短腿踢了'白白'一脚。'白白'怪叫着滚向一边,缓了一会儿,它又翻起身子向哈二趋来,惹得哈二欲哭还笑,哭笑不得。"生动细微的描写,哈二与"白白"的生存与存在于此彰显各自的意义。

"白房子刚离开地面不足一尺,瘫子麻五就发觉心里空落落的,心脏也不听使唤了,直往下坠。"小说《白房子》道出白房子的存在对瘫子麻五生存意义之重大。瘫子麻五父母相继过世,被亲属抛弃街头,从流落街头靠别人施舍生存,到拜同患残疾的街头鞋匠师傅学艺,到学成好手艺获师傅赠予修鞋工具自食其力,到拥有固定的顾客群体,再到获好心的居委会干部王碌碡的帮助,千辛万苦购建了自己的白房子,畅想生活的美好,真正惬意快乐,再到城市大建设的需要,拆迁搬离身心全部所依托的安乐窝,他感觉似乎走到生命的尽头。"白房子还在继续升高,麻五的心在不断地下落,他感觉自己那颗心正坠向一个绝望的深渊,他所有的希望和梦想将要在黑暗的深窟里死亡,不再重生,他的思维有点错乱了,看那白房子时,不再白亮,变得模模糊糊,成了一团影子。"

因为,"麻五曾固执地认为,这人一出世,随着嘴巴哇啦哇啦地一叫唤,你就得一世为这张嘴巴而奔忙了。除了安顿好这张嘴巴外,你还得有个窝。不管你是当官的坐轿的,还是打砖的卖菜的,不管你是在街头中了万元双色球大奖,还是被人在暗巷里揍了个鼻青面肿,只要你一回到家,心就安妥了,不再乱了,有了歇放的地方。"

存在应该有其存在的意义,白房子的存在就预示着麻五卑微的生活在逐渐走向辉煌,生存有其生存的美好和意义。不管麻五以怎么艰辛的方式爬起来生存,通过辛勤的努力能获得一座白房子,麻五心目中有了家的概念,有了真实完整的人生,生活开始真实地眷顾他的未来,围绕在他的身旁是满满的希望与甜甜的梦想。似乎白房子就是他存在的意义。

生存的方式形形色色。朝歌关注的似乎是存在的终极意义。有形的无形的,有生命的无生命的,都在朝歌的关注的视野之中。

二、调和社会秩序与社会问题

事物的构成与人群的集中形成原初的社会秩序,人类的发展与文明的进步,对社会秩序的要求越来越高,随之而来的社会问题,似乎是社会秩序这个盾牌之矛,总在寻找社会秩序的漏洞。朝歌的小说似乎在从社会最小的细胞——一个个卑微的生命个体着手,不断调和社会秩序与社会问题。

"哈二恨透了这些突然像从地缝里钻出来的无头苍蝇一般到处乱窜的狗,也恨透了这些手持大棒、套圈的大汉们:你们闲得没事干,和这些畜生较啥量呢? 真是世界大了,什么怪事都有。"小说《人与狗》中,狗患与治理狗患,是一对难以调和的矛盾。繁衍生息的流浪狗一个个都是鲜活的生命,要保持现代城市的整洁与美好,就要为这些流浪狗找一个适得其所的去处。狗与人又有着似乎难以分离的情缘,有着相互依存的情结。要维护社会秩序,就要解决社会问题。一切社会问题因人而来,而人又要维护社会秩序,全是矛盾的交织与发展。朝歌的小说能在矛盾的推进中,找出调和矛盾的办法。

"理想与现实毕竟相去甚远,这正像一个空想家,不出屋子,会把现实世界中的一切想象得无限美好,浪漫迷人,以至于现实世界中的事情简单好办,迎刃而解。当他走出屋子,面对现实,到了走投无路、遭人白眼、束手无策的地步时,先前的美好想象会被残酷的现实击得支离破碎,苍白无力,不复存在。此时,他才会知晓,现实与理想永远是两条并行的轨道,很难接轨。"正如朝歌在《人与狗》中对狗患与治理狗患事件的认识,虽然有些泄气,对调和社会秩序与社会问题产生畏难情绪,但是,现实是一切社会问题都因人而存在,就需要人去认真解决。

朝歌在不断寻找矛盾,显微矛盾,又在不断解决矛盾。他能瞅准矛盾的实质,对其发展变化对社会的危害了然于胸,他急于唤醒大家的注意。如《白房子》中"王碌碡说:你们先将吊车落下来吧! 那瘫子听我话哩! 这事包在我身上! 见王碌碡这样说,李主任就问白经理:这事咋办? 白经理说:这事我不管,误了工期我要你们拆迁办赔钱! 李主任说:那这事就先缓一下再说! 他就命令司机将吊车的吊臂降了下来。"

朝歌小说塑造的人物,总是在平凡卑微的生活碰撞中产生貌似不是问题的问题,仔细分辨,都是尖锐的社会问题。他借用小说的形式调和着社会秩序与社会问题。

三、探寻人生关怀与生命关爱

朝歌的小说深藏大爱。他爱瘫子麻五、爱小矮人哈二、爱治理狗患露网的三条腿小狗"白白",在他们身上倾注的笔墨有如泉水汹涌,细微之处可闻喘气之声,悲伤之时能见电闪雷鸣。

"看见疼得哀鸣的'白白',哈二挣扎着站了起来,欲和那协管员拼命。几个城管队员见状,冲上前提哈二的扩音器,抢哈二的胡琴,抬哈二,他们想将哈二强行搬离。趴在地上哀鸣的'白白'又跳了起来,扑向了那几个城管队员,只是它的一条后腿斜吊着,身子很不稳。"

朝歌小说刻意刻画细微的情节,在于引起人们对人生的关怀与生命的关爱。人生有不同的阶段,或如春草沐雨,或如花展枝头,或如霜叶风吹,或如寒冬蝼蚁,人生的每一个阶段需要的关怀都不尽相同,相同的是都需要默默注视的目光与及时敞开的怀抱。

关怀的终极目的是获得有意义的生命。而关爱生命是人生的初级情怀。就这朴素的初级情怀,在工业革命的进程中,渐渐陷入昏昏欲睡之态。

"张文说:'沈伟县长在多次的会议上交代过了,要妥善对待群众问题,要维稳。上前年,县政府在城郊强行拆迁村民的违章建筑时,一个寡妇就浇了汽油,自燃了。抢救后,全身烧伤70%,政府赔了三十几万元的医药费不说,伤好后,这女人年年上访,成了全县有名的缠诉户,弄得县领导非常头疼。''那遇上这些难缠户,政府就怕了,法律政策对他们就形同虚设吗?'陈龙还是有些不服。"

朝歌的小说执着于唤醒人们沉睡的视觉。我以为是能够唤醒人们的良善与好德。

"晚上回去,哈二换了上衣,见'白白'的一条后腿瘸了,他打电话叫来开诊所的何大夫,给'白白'包扎了,方才睡去。"

小狗"白白"给哈二带来了快乐与温暖,可以视为动物对寂寞的哈二的关怀,哈二对"白白"又倍加呵护关爱,相似的命运把彼此紧紧维系在一起,共度时光的沉浮。朝歌通过对一只狗与一个人的塑造,来揭示生命的相互依存与彼此排斥,以及人类生存的困惑与困境。

探求的步子刚刚迈开,探寻的意义在于彰显。

四、小说的意义与朝歌的方向

小说的意义有这样或那样的界定与诠释。我认为,只要能愉悦心灵、唤醒良知、有创造、有建树的小说,就是有意义的小说。

"小人儿靠自己的双手,不看别人的眉高眼底,自食其力,而自己长了双手,只能用来要钱、讨饭。小人儿是个自尊自强的血性汉子,而自己是个没有骨气的寄生虫、废物。"

朝歌倾情打磨的《白房子》《人与狗》等小说,把人性的良善与丑陋、世情的美好与不洁,用细腻而丰硕的笔触,有如凌波微步,情景突显。哈二人矮、麻五半瘫,却能够自食其力,以有限的能力,谋求有尊严的生活。

"同样是个瘫子,小人儿不但能养活自己,还有了女人,而自己流落街头,孤孤单单,像孤魂野鬼一样,没有个立身之处。"

朝歌旨在唤醒人们沉睡的力量。精神沉睡会萎靡不振,良知沉睡会隐善逞强,梦想沉睡会失却方向。而精神、良知、梦想都有着强大的力量。一个瘫子麻五,连路都不能行走,只有靠爬才能向前进的人,凭自己顽强的意志与艰辛的劳作,居然积攒下安居乐业的费用,购建起自己的安居乐业房——白房子。

"顾客们夸赞麻五说你这房子真漂亮啊,真个是这条街上一道亮丽的风景,要是有个新人在里面,那才叫珠联璧合呢! 麻五听得乐了,心里想得更为出神。"

对美好生活的向往与追求,激励人们不断去努力拼搏,积极进取。朝歌把美好的心思与愿望,全部融进小说的字里行间,在语言文字的推进中研辨真善美的终极意义。

唯有心存大爱,才有触动心灵的大作呈现。

作者简介

申万仓,甘肃镇原人。中国诗歌学会会员、中国作家协会会员、庆阳市作协副主席。出版诗集《心灵的微笑》《心灵的天空》《心灵的拓片》《心灵的家园》。作品曾在《诗刊》《星星诗刊》《诗选刊》《飞天》《朔方》《语文教学与研究》《人民日报》等报刊发表。曾获甘肃省优秀杂文评选一等奖、第三届《上海文学》诗歌大赛三等奖、《诗刊》全国征文优秀奖、第三届和第四届甘肃省黄河文学奖。

拥花而立，怀水而行

段若兮

写诗的初心因何而起？诗中的亭台楼阁如何搭建？诗的美感如何生发并被他人所感知？其普世价值和社会功用又通过什么途径实现？现代诗走到了今天，在创作技法和题材选择方面还可以进行那些尝试？每当想到这里，我的思绪都会折返回故乡的山水风物。

依山，依着北山，巍峨连绵数百里的北山，当树把湖水捧到胸前，山就青了。云搁在山脊上，风牵着飞鸟，牵着星辰日月、鸟鸣、露珠和雾霭的香气。山下泾河的流水如柔软的丝绢绕着村庄，我那小小的玉佩一样的故乡就泊在这山光水韵中。从小享尽山水之恩宠，心底怀着无限的敬畏和眷念，这些感觉积累铺陈，成了我的诗歌的第一层底色，我写下的每一个句子都是内心对故乡的献祭。

在乡村　自封为王

时间会为了等你而放慢脚步

胸廓变宽　可跑马　可行大舟
而你更希望那是公元前的古战场
如今是青草淹没马蹄的牧场
或者　一座矮小屋檐

没有剑客争夺藏宝图
没有皇帝微服私访
俯身　不为膜拜
只愿把头颅低到白云之下
泥土之下
与众神和庄稼平辈

时间空如谷仓
背靠一座山坐下来
就能把江河都抱在怀中
借这山水环绕
焚一束浓度正好的乡音
你悄悄地　自封为王

天大地阔,庄稼深情,乡亲深情,人不会觉得自己渺小,在山水大景的温情诱导下,身处其中的人就是乡村拥山怀水又朴实无华的王者。

一夕终老

村庄　是最后的王城
牛羊从诗经里走下来
饭香从种子根部升起
你看到世上所有的树
你看到世上唯一的花朵

月色押韵
棋子轻叩微醉的河山
浣纱女子指间的流水声
永世芳香

撑一盏老茶
趟过三百年光阴
坐化为莲

为一阕相思填上平仄后
请你 卸下丝绸面容
和 流水般的骨头
请你 安心老去

　　"为一阕相思填上平仄后/请你卸下丝绸面容和流水般的骨头/请你安心老去"。这
一阕相思,是人与人的相思,更是人与地的相思,人只有找到了自己想要的,与内心愿
景相契合的,才敢把自己放心地交付出去,才甘愿放下所有的抵抗和不甘心,安心地
爱,安心地老,包括安心地死。心中有饱满丰盈的山水印象也是一种现世豪奢,同样的
感觉我写在《出嫁》里"我是富可倾城的女子执一株含羞的艾草站在小小的柴扉旁/等
你迎娶"。我的富可倾城与金玉无关,一株五月的艾草足以做我琳琅盖世的嫁妆了。天
空是鸟鸣和云朵堆砌而成的,鸟鸣是高处的花朵,低处的花朵是土地芬芳无言的秘
密,这方土地上的父辈们是掌管山水大野的人,清晨庄严地升起太阳,夜晚庄严地降
下太阳,天空就是靠他们的肩膀和玉米高粱荞麦紫苏的秸秆扛起来的。自然才是最高
的神灵和不灭的宗教,人和自然是有血缘之亲的,相认的密码或许就是一树石榴,一
株玉米。

玉　米

作为女人
我羞于在你的面前褪去衣衫
我肌肤上的山水
体内的仙境
都因为自卑而收拢翅膀

剥去荆棘和风暴做成的外衣
剥去丝绸和流水做成的内衣
你袒露金质的肉体
天空打开所有的门
所有的太阳

在这一刻走下神坛

　　暮色四合,明月流光,童年的夜晚如一只黑色的鸟合拢翅膀,垂下柔软细长的脖颈,温顺地卧在身旁,只有人的心安静了,才会感受到万物生发消亡的细微而玄妙的气息。当月光覆盖下来,人间是迷离的,人的心也是迷离的,我把这样的记忆写在《月光蓝月光白》里。蓝,蓝火焰蓝宝石一样的蓝,蓝色女人一样的蓝,白,白鸟的白,白莲花的白,纯白女子的白。这些与我而言不是奇幻夸张的想象,而是童年真切的感受,就像贴着肌肤的丝绸衣服,那种感觉至今都是清晰的,这一段时间写下的夜晚都是小女儿情怀的温柔软甜的调子。

　　成年后,也曾孤单,听说很多凶险之事都发生在夜晚,我觉得夜晚是安全而包容的,同时又是妖异而危险的。"把夜晚放出笼子/把呼吸折断/把河流折断/一枚叶子睡在所有的叶子中间/睡在怀中/睡在背上"。夜晚就是女巫,"女巫挑着月亮做成的灯笼坐在偏南的屋檐上喝盗来的毒酒",夜是深渊,是蝙蝠翅膀上抖落的黑色泉水。

夜之幻象

把一个独坐黑夜的人
像一方砚台镶嵌在夜黑色的书案上
风引着狼毫 要从我这里蘸取月光
这月光几经研磨 沉淀 已有了芦花的身子

蘸一笔月光 挥毫 笔下便有芦花开满水榭
便有纯白的人趁着兰舟 携清歌而来

收笔。让兰舟只在水中泊着
让月色重新流回夜晚
把砚台再次放回书案

　　一个人对家乡自然风物的偏爱和体悟随着时间会沉淀为一种内心的情感底色并投射于作品中,如果说山水明阔之景有感召之宏力,可陶冶情志,让人心有豪情,那么夜月迷离的幽微之景就有雕刻之细功,让人变得细腻敏感。山水合围,兼有夜月相映,既是人的生活场景,也是诗歌的场景。山水概念在中国的传统文化里强调人与自然的禅意相处,道家更是认为山水睦和刚柔互济是存在的最高境界。一方山水一方人,人与地是一种彼此成全的关系。山水是自然最高形式,诗歌是语言的最高形式,把山水的映像搬入诗中,用诗来解读山水也是诗这种文学形式与山水物景的彼此成全了。

一个人幼年时,家庭和亲人就是她最大的生态。奶奶精细如工笔的刺绣和满屋的水彩画,各种型号的毛笔,手绣的笔袋,古旧的线装书。还有哥哥写毛笔字时温和的侧脸,多年后我在诗里写下"请让我快点长大给哥哥当新娘和他睡在一个大炕上"。外公雕刻的梅花篆字印章,用锦鸡翎羽手制的京戏凤冠,小茶炉天天傍晚煮茶,要用干透的松枝,用明火,还会拉二胡给我们听。当时懵懂,不觉有深意,可长大才发觉我骨子里对传统文化的偏爱和尊重应该都是来自于那时的启蒙。

与 茶

叶尖上开出白荷花绿荷花
叶底散开的是山腰的云雾
茶遇水而活　人遇茶而活
饮下这水墨的月光
不听笙歌
身体里的青山醒转
胸腔打开小小的柴扉
迎流水进来

水遇茶而活
水本是空山
茶给了他鸟鸣　松香
给了他到此一访的白云
白云深处的人家
不问魏晋

茶不醉　不癫狂
不谈世事
我们不忧伤
这茶香就足够了
只水袖玲珑　风月不起
身未动　心已远
忽而又近
就停在这里吧

别说你要归隐三百里外的桃源
还是约定了下次聚茶的时间吧
也别说要卸下风尘
我们本就没有风尘

　　厨房就是一个家的亭台水榭，日常食蔬最能带给人妥帖温甜的关于故乡和亲人的记忆。肚腹温饱，人才能平静，对外界就没有欲望贪念。从这个层面上讲，食物给予的是身体和精神的双重补养。不知道男人的心是被什么击中的，于女人而言，心心念念的都是那些让人心暖的细节：木制的方形饭桌，碗碟上细致好看的花纹，妈妈做点心的那个下午时光（当时家里会做一种很简单的点心，名字叫搂食糕，也叫甜糕）。成年后的我写下《一生为你下厨到老》《白粥》《腌菜》都是对那些日子的无限眷念和对家人的感激。这些细节式的记录和描绘，不奇崛，不叛逆，不标新立异，这才是俗世生活应有的样子，也是诗歌应有的场景。

一生为你下厨到老

把厨房想象成一座孤城
四面环水
请你只带着剑胆琴心归来
指尖聚一泓流水
和肥瘦相间的日月对坐
白米 油盐 衣裳 没有传说

你在南山之南
我在水湄之东
隔着三尺灶台
读我们之间从未有过的巴山夜雨
读竹外桃花 读鳜鱼肥
屋后只种四季菜蔬
从不豢养明月
无诗无酒 没有小蛮腰
素味的花间词 不说恩仇

刀切破手指

为了小心地藏好疼痛
我想象 我已得一人心
三生不悔

　　桃花、梨花、杏花、洋槐、迎春、凤仙、紫的八角梅、粉的八角梅、白的八角梅，还有屋前的石榴花，木槿，海棠和牡丹。花事随着季节，由初萌，盛至煊赫，凋为酴醾，最终零落入了泥土。桃花开在山前山就是画屏，梨花本身就是一截裹着月光和露水的素白诗句，我写下"千树梨花的暗香/万亩桃花的粉调""你的吻痕留在左肩就/让我扛着这十万亩桃花上路"。 乡村的花多不名贵却贴心地装点着小日子，凤仙的花是染料，把花朵捣成泥状，覆于指尖裹以青叶，第二日指尖殷红豆蔻就形成了，槐花可以做成清香的槐花饭团，油菜花盛开时田野璀璨流金，是辉煌的美景，成熟后又是上等的油料。

油菜花

一定要分两阕
上阕写花意 写春情
写诗写酒　写小姐的脂粉

下阕写啄食的鸡雏
写梗着脖子的炊烟
写衣裳 写油盐米醋

一定要分两阕
一阕写景　笼盖四野
一阕写人　汲汲于生

　　这些朴素的花儿和唐诗、宋词、旗袍、情书一样旖旎流芳，其实，生活本身就是诗，写诗的人不是在创造文本的诗意，只是在收集和还原生活本身的诗性样貌，正是这些琐碎的生活细节为诗歌提供了饱含人间烟火之味的素材，同时日常生活也以其细流无声的方式带给内心丰饶的滋养，写的时候觉得就是在用回忆的手指抚摸那些织绣花朵一样的生活印记。这些实体记忆和心理感受聚合在一起就是内心的稀世琥珀，也是诗歌的源流。日常生活带给人的影响才是最深刻的，点水无痕却又惊心动魄，可以固化为一个人的第二基因，也形成了诗最初的情感基调和审美取向。
　　文学创作是向心性的内在探索，每一个写诗的人和自己的诗歌需要经历一个彼此寻找的过程。探索的触角先伸向自我,把自己当作一个解剖实体,最初的作品都是在写自己,就像在自己的剧中扮演自己,一个自己与众多个自己恩爱情仇水深火热。《把来世放到今生用完》里写下对时间的慨叹和惋惜,还有自己为自己加冕的那种硬撑的豪情。《我一定是死了》多么凄凉落拓,欲死不能。这一期的所有作品都写得嚣张、凶悍、粗粝、矫情、自恋、无知、虚妄、逞强、故作高深,明显的语言暴力和自我重复,内在逻辑的断裂,越写越狭隘,看似凶猛华丽,实则单薄无趣。于是停笔思考,思考是心灵在动态世界里的静态禅坐,是内心千军万马的鏖战,自省式的思考让一个人变得很低,内心谦卑,才能走出小我,进一步实现和外界的对话。写到《妞过来我们谈谈灵魂》时,渐见转折,妞,你过来,我们坐在树下谈谈灵魂这件小事,给灵魂房子户籍让她和我们比邻而居,给他女性的性别和小家碧玉的名字,给灵魂以实体,肯定其存在和对人的影响。

思考所引发的自我拆解与重建还会让人在文本里忘却性别。《寄生》就是这一时期的心理映照,寄生于谁呢,于自己,我就是我的寄主,我就是我的男人我的女人,更像是个男人。生活中我是不折不扣的女人,写诗的时候我是没有性别的人,这种没有性别的写作尝试或者更倾向于男性性别定位的写作表达,可以让一个人内心的疆域变宽,提高对世界和他人的认可度,也必将引起诗歌选材域界的扩张和情感纯度的提升。

寄　生

藏身于一个男人的体内
用黑夜的藤蔓点亮声音
陡峭的意象深陷一首诗的高潮
绝处逢生

藏在一个男人的骨骼城堡里
藏在他的声线和烟味里
一只手从体内取走春花秋月
放在另一只手里还魂

是时候了
我们歃血为盟:他先我而死
我会穿上他的内功和血性
以死为生

自我探索和思考让人不再囿于小我,而是走出来,把自己当作一个社会个体,只有这样,写出的文字才能反映群体的心声,才会具有社会功用。

我要做个庸俗的女人

这腰身一定要变得粗壮
不再有杨柳的纤细和娇媚
难以入诗　不再牵扯热的目光
这乳房也要干瘪下垂
像是春天被腾空了所有桃花
而我也是空了
让这双手也要变得粗糙
不再触摸丝绸和风
只日日洗涤碗筷
和男人衣领袖口的油污
从这脾性中抽取棉质成分
会打骂孩子　又抱在怀里哄他
哄睡后自己再去偷偷地哭
这嘴唇里说出的语言是干燥的
有冲撞力的
适合去菜市场讨价还价
适合和对街那个肥硕的女人
为一只鸭的模糊死亡而对骂

坐在窗帘的阴影里计算水电费
关心晚餐和菜价
从不想念初恋的人
不穿高跟鞋
不研磨咖啡
与所有涂抹口红的女人为敌

让皱纹过来　让白发过来
我们围坐在葡萄架下
说说南坡上高粱大豆的长势

让半生日月归来 让满堂儿孙归来

我们用大粗瓷碗吃饭

碗里盛满土豆　猪肉和粉条

不弹钢琴

不再烛光下喝红酒

让这目光浑浊 智力下降

不读任何一首情诗

不懂前戏

让我的男人

习惯我身体上的葱花味

和油烟味

　　我想把俗事写出人间烟火气,同时在技法和选材上突破阳春白雪的藩篱。文学既然取材于生活,就不能高蹈与生活之外的真空层。把文学过度雅化和神化,都会破坏诗歌场的自然生态。精神产品若不能与普通大众的生活和心态实现平稳对接就是高雅的废品。所有的文化产品都要与生活发生感应,同频共振,方能共生共荣。若不然,就是海市蜃楼,只是看起来很美。我把此诗看作是诗歌创作与俗世生活撕扯磨合之后的握手言和,是对日常生活的最高致敬和最深情最甘心的妥协,也是女性群体的集体反思和对生活的回归。我想让他人在诗里看到俗世琐碎的美和厚重的慈悲,进而和生活达成和解,与庸常日子惺惺相惜。

　　自我探索必将经历自我拆解,突破,由个人场走向社会场,把关注的触角伸向社会更广袤的领域。《女同性恋》只有短短十行,当时查阅了大量资料,了解这个团体在社会生活中面临的冲突与感情经历,以及感情带给人生的启示。

女同性恋

她爱她
一个她是雄性的
沙的粗粝 剑锋上的冷
大鼓的高亢
一个她是雌性的
流水的婉转木棉的味道
风一样的小腰
小调的闲倦云朵的软

一个她有胡荏的暖
一个她有乳晕的甜

　　诗歌是最能成就语言也最能糟蹋语言的文学样式，部分汉语诗歌语言成分的异质繁芜，语言样式的暴力组合既损坏了诗歌，也伤害了语言本身。我想用最简单最朴素的口语化语言来写普通人生活中最不经意的片段，不突兀，不转折，不抖包袱，不渗入哲思和说教，只用日常语搭建一个语体纯净、样式温和、情思简单的诗歌场。《道德经》有言"专气致柔，能如婴儿乎？"人如此，人生如此，诗歌亦然，可否用最简单的语言把一首诗写得纯白无辜，妇孺皆懂呢？

昵称
——写给小男孩的诗

我叫你小宝贝

我叫你小菠萝　　小苹果　　小草莓　　小核桃
我叫你小松鼠　　小兔子　　小鸟　　小虫子
我叫你小黄牛　　小老虎　　小刺猬　　小大象
我叫你小骆驼　　小蝴蝶　　小犀牛　　小蝌蚪
我叫你小恐龙
我叫你小土豆　　小地瓜　　小豆角　　小萝卜
我叫你小皮球　　小糖果　　小树苗　　小拖把
我叫你小裁缝　　小搬运工　　小木匠
我叫你小同学
我叫你小男孩　　小家伙　　小捣蛋鬼
我叫你小花猫　　花小猫　　猫小花

我叫你小丫头

　　中国水墨画素淡冲灵，简雅无为，一山一亭一舟一蓑翁，即可代表一个圆和的世界。写诗是否也可以采用水墨画的技法，笔墨简省，宽幅留白，一首诗能否因为至简而至华，一字千言而千言不尽？

睡着的你是一匹白绸子

不能把你当作女人
我把你当作这世间仅有的绸子
这世间唯一的白

一生清贫
你是我仅有的绸子
是我此生仅有的富贵

人世污浊
你是唯一的白
这世间唯一的洁净

《江南》这首诗歌没什么新奇之处,更侧重于对语言千折百回的韧度和婉转流畅的音律的调试。用诗来展现汉语本身临花照水,静影沉璧的样貌之美,回环往复,清音袅袅的音律之美,用不对称的复沓回环形成节奏感,用节奏来加强句子的乐感,让语言来呈现自身风流绮丽的声色之美。

江南

木窗棂雕刻出的都是琴韵
石板路铺开的都是水墨
琴声水墨里的江南
被谜一样的雨水寄养在乌篷船

雾霭的素手捻起蓝色的鸟鸣和露珠
细细地绣在黎明的衣襟上
青瓦　白墙　总有粉红的桃花羞红着脸
探出头脉脉张望
撑一把油纸伞　悠悠转几回弄堂
就能在一阕词里遇见相思的人
摇橹送水　水送着船　驶入远山的画屏
这一册妖娆山水　是你肩头斜披的锦缎

荷花　莲藕　红鱼　白米　丝绸
如瓷的光阴在一盏茶的清香里和衣而眠
昆曲　丝线一样的昆曲是江南柔若无骨的流水
柔若无骨的江南　是我一个人的流水

暮色涉水而来　泊在白莲亭亭的岸边
月光穿一件素白的衣裳
被风轻轻扶着莲步走过流水婉转的回廊
薄醉的人扶着月色回屋
轩窗外　芭蕉叶把影子画上墙头
灯影里　抱着整个秦淮河的桨声归来的江南
是我一个人的江南

手执一截碧绿的笛音祈愿：
请把江南许配给我
让我以女儿之身　做你的夫君

中庸无为的清虚大雅之境，月白风清的疏朗明远之风，是古人意趣情志的结晶。《去见见你的仇人》中，仇人可以是虚设，但是生活中对他人的宽容接纳是每个人的人生必修课，从情感展示而言，不施舍不标榜，不以德报怨而没有道德上的优越感，没有优越感才会有平等的视角来关照万物及他人。写这首诗更多的是对清风不扰恩仇无计的侠客情怀的一种遥祭和呼唤。

去见见你的仇人

不要带剑 也不要带酒
不用刻意筹备清风明月的薄礼
不用描眉
也别穿新鞋子

就像黄昏时去菜园子
只是去看看豌豆花
开了几簇

去见见你的仇人
就像去老铺子买桂花馅的糕点
悠悠走过几条老街
拐个弯　就到了店前

看过了就自己走回来
像从菜园子里回来
像从糕点铺子回来

拥花而立的过程就是一个吸收、积累、磨练的过程，输入性的聚合的过程，包括生活素材的积累，情感的打磨，技艺的锤炼，创作风格的确立，审美情趣的提升。这些都写作中的加法，属于写作的预先贮备，这些储备让人变得厚重丰富，广博深刻。怀水而行的过程就是一个甄别、筛选、提纯的过程，输出型的释放的过程，也就是一个删繁就简去伪存真的过程，这个过程让诗歌变得澄澈轻盈，透明柔软，逐渐呈现出原真之味。

作者简介

段若分，汉族，女，甘肃省平凉市崆峒区人，长居庆阳，供职于庆阳市庆化学校，教书写作。荣获"杨花词杯"全国爱情诗大奖赛三等奖。诗歌、散文及评论散见于《青年文学》《星星诗刊》《中国诗歌》《飞天》《诗歌月刊》等，入选《中国青年诗选》《高天厚土传豳风——陇东诗歌群体大观》《零遇见》等。

浓厚自己的书卷气

翟万益

郭云近照

　　郭云对书法营养的汲取，可能参照了人体那一种形式，边摄取边消化边吸收的方式，只要看到眼中的东西，经过一番思索即能表现在她的创作中，这种思维的敏捷与提炼的快速成了一种科学的模式，使一般意义上"书法"的"法"变成了为我所用的法，她在借鉴挪用的过程中，又能够突出自我构想，融入新的理念，这是她思想的独到之处，改变了一般人依靠长期书写习惯来生成风格模式而转移到理性把握上来，其间对于性情的张扬也同时调动到了一个高度，做到了灵性与理性的交融互动，由此而生成了一个"活"字，她笔下的文字真有一种激情在流泻。

　　记得两年前她开始隶书的创作，起手从《张迁》入手，忽儿之间就铺开了很长的一个线，没有固定在《张迁》那里用过多的时间僵持，左顾右盼、上下出击，更多的是在清代人和当代人的笔墨里捡拾自己需要的东西，很快塑造出了自己理想中的书法形象。

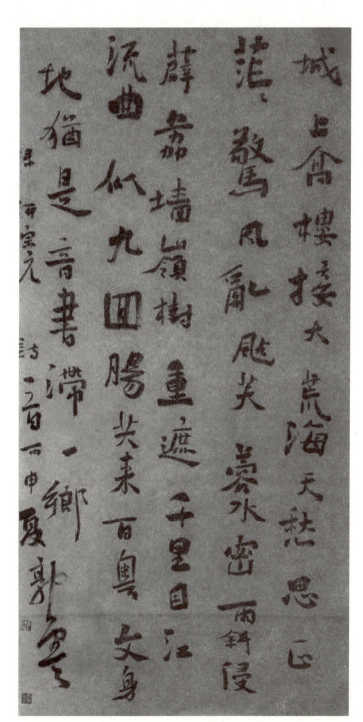

郭云书法

郭云书法

　　她的隶书是用长锋挥就的。起笔即显示出一种猛历，行笔的快捷、果敢，使笔划表现得干净利落，能够把一种疾速告诉审美主体，由于行笔的劲利，使笔道自然出现了干枯的韵味，较好地表现出了干湿适度的笔墨效果，追求到了碑里所没有的那种情趣，引发了字的古意。文字的结构也是在《张迁》碑的上下时限中求形象，对汉简语言的借用，成为郭云隶书的基本特色，笔道的苍茫雄强改写了汉简的自由舒放，整体走向了刚健浑厚，当然涌向她笔底的还有没能扼制的时风。

　　去年秋天，她到中国艺术院去进修，到今年全国第六届正书展征稿，她投寄的作品又变成了魏碑，小字写成了册页形式，彻底抛开了她坚持时间不是很长的隶书，这种写法对她来说是全新的，在我的眼里也是新颖的。最大的特点又是没有按魏碑的程式去框定自己，关键是写出了自己的魏碑来。仔细欣赏她的作品，首先感到的是张扬。我们的时代本身就是一个张扬的时代，书法也去顺应着这个时代张扬，郭云好像要呈现自己张扬的世界，使涌到自己笔下的每一个字都使尽了张扬，使魏碑更加变本加厉，撇捺加长就会使字很是舒展，长划的加长又使字靠近了隶书的结体，把一个个置于方框里的文字，极尽意态之变化，可以从字里行间读到她思维的跳跃不羁。

　　近期郭云又撇开了魏碑的创作，竭尽全力练习行书，在这里她碰到了难题。行书的流变和她自身追求的飘忽不定的变幻聚合在一起时，二种变态合流而行，缺少了一种稳健和凝重。她要在变中求变，变化的幅度就显得太大了，笔墨把驭的失常毫不留情地显现了出来，反映到纸面上的情景带给了她苦恼，这不是一般情况下所能突破的苦恼,而是突破原有形制之后失控的苦恼。对此种状态,我的想法是不放弃现有的这样一个点,再应该往回走一段路,使自己走过的路线之间有一个更好的衔接,有一个过渡和照应,当理畅了这样一个路线,就会在行书的这个面上表演出新的节目来。缺少了自我修整的过程,一味高速运行,结果是可想而知的。

郭云有灵气,她的灵气是靠了内在的一股勇气导引出来的。很多时候可能勇气大于灵气,把灵府之中的才华一股脑儿地倾倒了出来,表现的欲望变成了表现的现实,丝毫没有怯弱畏缩,有着丈夫气概。她的字一开始就不是秀美柔媚,并且急行单式地前进,即产生了后援的不足。才气、灵气、勇气在一个人身上很难俱全,尤其是一位女性更是难得。况且书法是一个马拉松式的运动,目标十分遥远,需要十分的耐力来支撑,学养成为达到最后目的地的全部滋养。这就要郭云潜心修行,青灯之下,更要面向黄卷,不断浓厚自己的书卷气,让书卷气来领导才气、灵气、勇气,这四种气完全合度地表现出来,书法会达到什么样的境地,那是不难想象的。

时间十分宽绰,就让我们缓缓来做。

韵流空外　妖娆多姿
——郭云书法作品评读

魏翰邦

　　十多年不太关心书法界的事了，但有什么好的作品出现、有什么新人"出世"也还是有耳闻的。前几日有好友嘱我为庆阳书法家郭云的书法作品写点文字，因郭云我不认得，不知其人，更不知其书法，我希望先看看作品再说。说真的，我对甘肃绝大多数书法家画家的作品没有好感，从他（她）们的书法绘画作品中看不到还有什么艺术的气息和创作的信息，从作者的言谈和文字记述中看不到胸襟和气魄，看不到理想和观念。以前我同意地域特征影响人的思想和行为，影响人的胸襟和观念，现在我觉得这种认识有问题，是自欺欺人的借口，应该说人的肚量和见识影响人的思想和行为，影响人的胸襟和观念。甘肃的书画艺术为什么总是没有很好的发展和突破，就在于甘肃的书画家们老拿无知当勇气，老拿传统吓唬人，老是顾影自怜、敝帚自珍，不往远处看。当然，很多很多的书画家也走出去了，在外进修了，学习了，但更多的人没有学到好东西,学了一身的恶习回来,从外面回来了,就觉得自己不得了,见了几个名家,听了几句疯话就以为得艺术真谛,尾巴翘得高高的,张狂于市井,真的好好笑。

所以扯这些题外话,是缘于我看了郭云的书法想到的。郭云的书法真的不错,不错在有想法、有气度、有格调,爽劲中带着沉着,冲淡中隐含豪放,作品有种开放的坦荡和张扬的大气。对郭云的了解只限于她手机给我发的短信:"我是2007年调入文联的,同年去中国书法院高研班进修一年并入西部展,2008年入两次单项全国展。从事这个(书法)时间短,基本功弱,但对书法有强烈的兴趣和爱好,书写中的各种关系基本知道,但表现不出来,入展都是靠趣味取胜。我追求字的活泼、饱满、青春、活力,可常常不尽人意。"我不知道她更多的学书经历,不了解她的个人性情,正好适合我一贯的评论原则:作品就是一切。

从郭云的书法作品看,对楷书用功应该是最勤奋的,涉及隶书、行书,是属于少数比较会运笔的书法家,作品烙着时代的印记,洋溢着时代的流行气息,显得清新、畅达和明快。我一直觉得当代书法创作在起步上就走入了歧途,最致命的是书法家们不会运笔,不会运笔就没有高质量的线条,基础没有过关,其它都是枉然。郭云较好地解决了运笔问题,很显然以北魏碑刻、墓志为基调,运笔爽劲,干净利落,把每一个笔画都交待得相当清楚,不马虎、不缠绵,没有写北碑墓志书法家们惯常的以涂、描表达方折的恶习,下笔明快、稳定,线条力道刚健而不生硬,在刻意制造楷书独立点画关系的同时,让长线条飞动起来,让字型晃动起来,带上飘逸之气。

郭云运笔不含糊,空间结构和安排线条更是认真讲究,从作品中可以看出郭云对空间投入了十二分的努力,从每一个点每一个画的呼应交叉上都极尽安排、变化,或上紧下松,或上松下紧,或左高右低,或右高左低,或连缀或远离,都倾注了很多的心思。从作品中可以看出,郭云对刻意的安排布局还没达到自然自由的状态,以致很多字的空间结构用力太猛而显得过于强力,一些字型明显缺少稳重和定力,但这种费尽心机的制造空间关系,却是一个艺术家必须具备的良好习惯,是艺术创作的基本功,没有刻意的制作和反复的修正就不会有神奇的艺术作品。否则,只知其一不知其二地愚蠢地重复书写,书法还能叫艺术吗?书法还有出路吗?郭云追求书法的青春气息,追求书法的鲜活和饱满,这不用说就是对书法艺术生命活力的追逐和向往,只有运动才有艺术的生命长久力,才能延续某种力量和文化内涵,抱残守缺和固步自封不是短视就是自杀。郭云的书法跳动着青春的舞步,舒展着妖娆的线条彩带,一派生机盎然,充满活力和自信。

对视觉形式的高度重视是现代艺术的自觉,但伴随而来的是对形成的视觉语言细节上有意无意忽视和否定,现代艺术或多或少都存在细节粗陋的缺陷,形式至上的艺术往往顾此失彼。书法艺术在当代也无法幸免地吸收了现代艺术的思想,同时拿到了形式至上的枷锁,很少能有顾及二者的高手。郭云的书法作品显示出对形式和细节

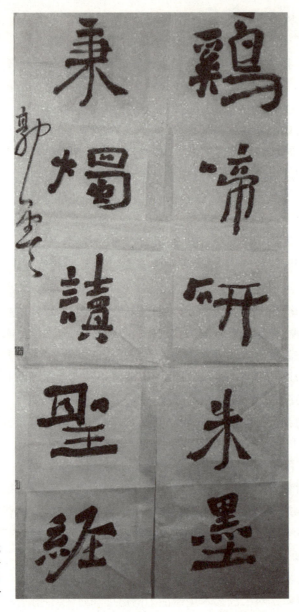

郭云书法

认真的关注和有想法的实验，或许实验才刚刚开始，但已显露出出手不凡的气魄，爽劲的点线，疏朗透彻的空间，大收大放的关系，摇曳多姿的字型，冲击波一样地碰撞着观者的神经。

郭云书法作品中的一些探索性作品，尽管稍嫌稚嫩，但充满活力的空间和歪歪扭扭的点线、摇摇晃晃的字型，加上层次分明的宿墨，多少趣味、多少世情尽在其中。懂得了运笔的道理，则毛笔挥运起来就有了灵性和生命的活力。不论多么有想法，书法还得靠笔墨的细节展示。郭云重视细节，如果能够在更大范围展开对细节的探索，那将会创作出更加使人激动的作品。如空间上有了动感，能否使动感更加有深意和显示动静之统一？是否可以把细节的领域扩大，不仅仅限于对精准的迷恋，走向更加宽泛的细节拓展？是否可以抛开仅仅对某碑某帖的专心取法而走向对自然物象形态的借鉴？

书法艺术最基本的是运笔、用墨和空间结构，很简单的几项内容，要用好真是不容易,能写几个毛笔字的人几乎没有人不会说传统、王羲之、个性、创新、美之类的话,放眼爱好书法艺术的人,却的确找不出多少人真正理解书法、真正懂得笔墨空间。郭云虽然进入书法的创作时间不长,但良好的艺术感觉和专业的书法训练,使她在一进入书法之途就渴望成就艺术的雄心,边学习边实验,而且很有成效。我们看到她的书法作品极力寻找可以变化摇曳的身姿,在动感上下足了功夫,在用墨上铺开了色彩,尽管目前看起来不是那么完善和舒服,但这绝对是一种非常良好的创作途径和通向更高境界的基础。难能可贵的是郭云的书法字法和谋篇都显示出一种很大很宽松的格局,即使那些看似组织非常小心的楷书作品也形成扩张的冲力、强烈的对比。一些在运笔和空间上更为放肆的作品透出的那种稚拙和自在,更加凸现出作者强调的艺术思想和追求:天然、自在、活泼、青春。不要小看任何与众不同的努力,创造往往就寄宿于离经叛道之中,我为郭云作品中展露出来的种种试图冲破的尝试喝彩。

从郭云的书法作品中我看到了对传统书法的不满足和试图有所作为的野心和挣扎,我非常看重这种挣扎和努力,这不仅仅是一种试验,更是精神的追寻和磨炼,中国的书画艺术在当代最缺少的就是对高贵精神的尊重。有了对高贵精神的尊重,艺术的格调自然就高了。一位朋友说过,对传统书法的训练,不是描摹作品的样式,根本的是对高贵精神的熏陶。多么深刻的高见!我们对传统理解了多少?对于一个有艺术追求的人来讲,哪怕一丁点的出格和突破都是极其不容易的,像书法这种历史悠久、极简单又极难出新的艺术,更是难上加难,任何一个有书法创作经历的人都非常珍视小小一点笔墨尝试的,只有无知者才对书法笔墨的开拓不屑一顾。好的艺术家的成长不在于生活在什么环境下,而在于对从事的艺术有深刻的理解和掌握高妙的技术,在于有创新的理念和冲破世俗勇往直前的精神,书法是小技,但含有大道。让我们一起努力。

孙志军：定影敦煌的人

方建荣

孙志军近照

　　孙志军1984年来到敦煌，和他的前辈们一样，当他一脚踏上被沙漠和戈壁紧紧怀抱的莫高窟的一小片绿洲时，就再也没有离开。这个武汉大学新闻系毕业的才子，从此用手中的镜头和那些洞窟中的佛像对话。时光仿佛只是一晃，三十多年过去了，他略显疲惫的脸庞上那双眼睛却似乎更多了坚定与沉静，尽管早生了几根华发，但他对敦煌的感情却与日俱深。

　　最初他被分配在敦煌研究院的摄影室，那时候摄影室很小，人也少，隶属在资料中心。说到摄影，他有说不完的话，这个兴趣爱好成就了他的事业，也塑造了他这个朴实低调的西北汉子。现在，他几乎每天都会拍几张照片，很随意的，又是很认真的，哪怕是用手机，他的镜头里却永远是那个魅力无穷的敦煌。

敦煌莫高窟第 428 窟形制　孙志军摄

敦煌莫高窟　孙志军摄

刚到敦煌研究院时他每天都要去洞窟里拍摄,拍敦煌石窟几乎成了他的主业。他说敦煌太神奇了,一走进洞窟心里就静了,一切烦恼都没有了。二三十岁的人不会有这种感觉,时间久了,自然而然就有了这种心情。即使是相同的东西一次又一次反复拍,也不会乏味,他觉得很多时候他不是用摄影技巧来表现,而是跟古人对话,传达还原石窟里的一种情绪和感染力,传达还原古人对信仰的一种追求,表达当代人对古人创造的文化价值的一种认知。跟古人在一起,当代人都是渺小的,在敦煌这种感觉尤深。所以,拍得好是应该的,拍得不好是罪过,老祖先做得那么好,当他每一次走进洞窟都是怀着一种敬仰的心情拍摄的。在他看来,如何来表现古人营造石窟的技法、感情,需要用心琢磨,精湛地表现不同历史时期塑像的结构、壁画的肌理、古代画家的绘画技法、时代特征,就不能只依靠技术,炫技是可怕的,要忠实地表达古人的情绪。记得刚来莫高窟时,除了拍洞窟,他还喜欢拍敦煌的自然风光,那时候很唯美,那些风光片记载了他年轻时唯美的取向,后来随着年龄增加,这种风格被打破了。1965 年出生的他都 50 岁了,摄影肯定不再是炫技,而成为了和吃饭、睡觉一样生命的必需。

　　2000 年是孙志军生命中最难忘的一年,这一年国家给敦煌研究院立了一个项目——敦煌莫高窟及周边环境演变的研究。孙志军开始就参与进来,如何用摄影来服务这个项目,他一下找不到了北,一段时间他十分艰难,不知道如何开展工作,环境演变和摄影的关系如此奇妙的联系起来却又是一个无从突破的难题。有一天他走进藏经洞时猛然醒悟,为什么不从古代遗书中寻找答案呢?摄影术是 1839 年发明的,敦煌现存最早的老照片是 1907 年斯坦因拍摄的。可敦煌的历史是两千一百年,单纯从摄影是无法抵达这么遥远的时间的。从那天起,他一头钻进了遗书的研究。还真是功夫不负有心人,他竟然从伯希和带到法国的《沙州都督府图经》(2005 号卷子)中找到了突破口。比如今天丝绸之路上闻名于世的世界文化遗产悬泉置有悬泉水,这个公元 675 年的唐代卷子中也有记载:"悬泉水,一里许即绝。"唐一里等于今天的 560 米,2003 年 6 月孙志军实地测量了今天的悬泉水是 140 米,唐代至少

敦煌莫高窟第 45 窟大势至菩萨　孙志军摄

风雪中的莫高窟　孙志军摄

560 米到今天的 140 米,环境显著发生了变化。他说藏经洞出土遗书中有《沙州都督府图经》《西天路竞》《敦煌录》等四十二种地理书,详细记载了敦煌古代的地名,当他用这些复活的文字和今天的图片说话,历史和今天一下结合起来了。从那时起,他的脚步一直走,敦煌的每一寸土地他都要亲自去,沿着古人的足迹和命名,他一步一步把敦煌 3.12 万平方公里的地域都走了一遍,这期间李正宇的《敦煌史地导论》,李并成的《敦煌历史地理研究》都给了他许多启发。他通过摄影与古代遗书中的记载,得出了敦煌莫高窟及周边环境实实在在的演变历史。2004 年 8 月,这一成果的充分肯定是敦煌研究院举办了《敦煌莫高窟及周边环境历史演变图片展》,随着这个展览的举办,孙志军也成为了用古代文献与现代摄影结合起来研究敦煌的当之无愧的第一人。2013 年 10 月,中国摄影家协会主席王瑶在丝绸之路文化峰会的讲演中,用 5 分钟的时长,讲述敦煌研究院资深摄影师孙志军“莫高窟历史影像研究”的价值。作家邵晓平在一篇文章中写道:“今年 8 月,我和老树去敦煌的路上,说到孙志军的名字,老树说这人我知道,摄影不错;和另一位朋友说到拍摄丝绸之路的摄影家麦克·山下·尔冬强时,朋友莞尔一笑,说:我更喜欢孙志军,他更理解敦煌。”

是的, 孙志军的摄影是在理解敦煌时达到了超越,他不仅拍了几乎所有敦煌石窟,同时也拍了甘肃的 20 多处重要石窟及新疆、西藏的主要石窟和佛教遗迹。从最早 80 年代由香港出版他拍摄的《敦煌石窟菁华》,之后他参与拍摄《敦煌石窟全集》等十余部摄影作品集陆续出版。而在敦煌莫高窟及周边环境演变历史研究的拍摄上,他一直立足于亲临现场,这是洞窟外的博大天地。虽然起早贪黑,十分辛苦,但他不觉得苦,他说为了拍摄莫高窟全景和四季变化,他不止一次一大早爬上三危山顶,这个过程肯定累,但是当拍了一个好作品,那其中的快乐也很要命。他说三十多年来他一直用脚步丈量敦煌,用镜头定格敦煌,他拍的内容也几乎围绕石窟、自然、莫高窟人。自然的图片他想今后出成一本图文并茂的作品集。更主要的是他要用他的拍摄,为莫高窟的老佛爷和当地人造福。

　　孙志军说除了拍敦煌,他还拍了丝绸之路,他的脚步东到西安,西到新疆霍尔果斯口岸,这是中国境内丝绸之路的全程。今年50岁的孙志军依然是个很低调的人,他说,在伟大的敦煌石窟面前,在雄浑的大自然中他都十分渺小,如今是网络中心主任、副研究员的他一直守护着敦煌。说起那些离开敦煌的人,他说,敦煌是一个美神,前辈学者常书鸿、段文杰、樊锦诗,用生命丰富了敦煌精神,他也会一直坚守,这就是他在这个时代的全部追求和价值取向。

佛国的时光
——尼泊尔散记

高　凯

1

因为一种说不清楚的缘分,时隔四年,今年初夏我又意外地去了一趟尼泊尔;一个只迈出过两次国门的人,两次出去到达的都是一个神秘的佛国,不能说我此生没有一点儿佛缘。两次出访,我都是作为中国作家访问团的一个诗人,所以我很感谢诗神两次把我禅意地指向山那边——佛祖的胞衣之乡。

如果把喜马拉雅山脉比作世界的屋脊,那么尼泊尔和中国就是世代相守在这个世界屋檐下的一对邻居。远亲不如近邻。同在一个屋檐下,中尼两国人似乎都很珍惜这一天地所造化的国家缘分。

尼泊尔虽在中国的山那边,但对于我们还是必须要借助一只铁鸟的翅膀穿过白云的故乡才能往返。只是在小时候,因为向往山那边,我曾梦想过像那些英雄的珠峰攀登者那样翻过山去。而如今,我虽然没有像一个英雄翻过珠峰,但我毕竟还是圆了儿时的梦想。

第一次去尼泊尔的人一开始都没有想到,会在这一条通往佛国的天路上看到飘浮在天国里的珠穆朗玛峰。雄伟而圣洁的珠峰代表着尼泊尔人的理想和意志,所以尼泊尔联邦民主共和国的国旗和国徽上都有珠峰的图案。又飞过世界之巅，又飞在佛乡天国，我仍然是激动不已；与上次经过时乱云飞渡不一样，这次换了一个世界：晴空万里，因为来到了白云之上，头顶是另一层天宇，而在身下白云的大地上，珠峰依然耸立，远远近近是堆积如山的白云和如白云一样空灵的积雪，如梦如幻，犹如一个尚无人抵达的童话世界。我甚至觉得，这条天路就是通往另一个世界的时空隧道，而飞机其实就是一只穿越时空的飞船。

珠峰是世界的最高处，也是佛心的最高处。我双手合十用尼泊尔人致意的方式，默默地向为人类奉献了佛祖释迦牟尼的佛国表达敬意。我虽然不是一个佛教徒，但十分敬仰佛祖的济世精神，此行无疑也应该是一次文化的朝圣。

儿时山那边的那个远方原来很近很近。飞过珠峰一会儿，就是尼泊尔的首都加德满都。飞越的方式让我们这群凡夫俗子像天仙一样突然从天而降。临近大地，透过巨大的云层俯瞰扑面而来的加德满都是这样一幅朴素而富有内涵的画卷：一个四周青山环抱的谷地，密密麻麻自自然然散落着一片多呈乳白色和米黄色的民居；楼房都不高，大都是三四层，方方正正，经一孔孔窗户一点缀，就像一块块彩色的魔方。邻座的朋友说像积木，我说还是更像魔方，我们造访的是一座神秘的魔方之城。

2

作为佛国尼泊尔的首都，加德满都也是一个名副其实的佛都。

尼泊尔是一个历史悠久的文明古国，公元前 6 世纪就建立王朝，公元 1769 年沙阿王朝统一尼泊尔。因为佛教文化的兴盛不衰，历代王朝都要在加德满都兴建寺庙和佛塔，天长日久，遂形成规模，出现了"寺庙多如住宅，佛像多如居民"的奇特景观。加德满都因此有"寺庙之都"的美誉。至于与佛教有关的工艺制品和文物古玩，就更是稀奇罕见，品种繁多。从加德满都到佛祖的出生地蓝毗尼，街道两边经营工艺品、古玩的商铺和摊位比比皆是，令人目不暇接。在此，我要广而告之，对于那些爱玩个什么古董的人来说，尼泊尔简直就是一个神奇而巨大的的"佛光宝盒"。我不是一个玩家，但前后两次也忍不住淘了几件小玩艺呢。尼泊尔朋友两次送给我们的礼品，都是与佛教有关的工艺品，或雕或塑或刻或绣，古朴典雅，技艺甚是精湛，让人把玩不已爱不释手。

不过，最能表达尼泊尔人情谊的还是哈达。我们所到之处，只要有迎接仪式，必然有哈达一一献上，白的、蓝的、黄的、红的，紫的，五颜六色，不同的颜色表达着不同的寓意。记得四年前的 2012 年初到尼泊尔时，刚一出加德满都机场，让人喜出望外的是，一拨等候多时的尼泊尔朋友一个接一个地给我们献上哈达，以至于到最后我们每个人都成了只能看见半个脑袋而没有了脖子甚至下巴的人。当时的情景，至今回想起来，都觉得幸福满怀。这次去，我们当然也没少收获哈达。为了珍藏尼泊尔人的友谊和尼泊尔之行的记忆，我收藏了不少从尼泊尔带回来的哈达。这些内涵丰富的信物，既被我当作对尼泊尔的念想，又被我看作我一个人与佛国之间的精神纽带。

既被佛心涵养又被佛祖庇护，这就是古老而缓慢、贫穷而幸福的佛国尼泊尔。因为诞生了佛祖释迦牟尼，尼泊尔是一个佛光灿烂的宗教圣地。但实际的情况是，尼泊尔是一个被现代文明遗忘的角落，或者说尼泊尔是一个拒绝了现代文明的地方。我想说的意思是，在人类文明的进程中，尼泊尔人可能是一个自己停住了前进脚步的民族；我不是说尼泊尔人固步自封、甘于贫困，而是说因为追随佛祖尼泊尔人扛起了一些东西自然也就放下了一些东西。

在今天的地球上，像尼泊尔这样的国度恐怕是不多了。而这恐怕也正是尼泊尔吸引人的原因。我一直认为，最落后封闭的地方才是文化最发达的地方。说句实话，世界上那些发达国家对于我没有多少兴趣，我在乎的就是因为封闭而完整地保留着人类最初一些记忆的地方，比如尼泊尔。在加德满都一个当地人开的服装店里，我花了60元人民币给我自己买了两件当地传统款式的汗衫，回国后经停成都时我就把一件穿在了身上，同行的高伟一见称赞不已，带回兰州后老婆也十分喜欢，说不但一点也不觉得土还挺时尚的。老婆还喋喋不休地埋怨我买得少了呢。

我想穿着这两件衣服告诉人们一个很有文化品位的尼泊尔。

3

尼泊尔为我们保留了人类最初的生态文明。

若要真正走进人的尼泊尔和文学的尼泊尔，必须先走进动物的尼泊尔。因为佛教，动物世界是尼泊尔不可或缺的一部分。两次尼泊尔之行，给我留下深刻印象的不是人的世界而是动物的世界。动物世界就是人类精神之光的一种折射。理解尼泊尔人对待动物的态度，能让我们更好地了解尼泊尔人。

作为一个五脏六腑健全的国家，作为一个有信仰的民族，在图腾崇拜方面，尼泊尔和其他国家一样，有自己的国旗、国徽、国歌和国花，但让人想不到的是，尼泊尔还有另外一个凝聚力量的国家图腾——国兽，这国兽竟然是黄牛。在尼泊尔，大多数人信奉的是印度教，而印度教认为黄牛是湿婆神的使者，所以尼泊尔人不但不吃黄牛肉、不用牛皮制品，还把黄牛视为神灵，奉为一国之尊。也许是因为黄牛的神性身份，动物在尼泊尔也和国民一样，有着不低的社会地位。尼泊尔人与动物的和谐程度令人惊讶。尼泊尔的基础建设十分落后，城乡道路非常拥挤，但就是在这样的交通状况中，尼泊尔人也没有把动物赶出道路之外，而是与动物一路同行。在尼泊尔，即使在人流十分密集的地方，我们都能遇到横穿马路或干脆躺在马路上歇息的牛羊和狗。因为受到了人的礼让和呵护，动物们不怕人不怕车，从容不迫，悠闲自得，日子过得很是安稳。中国人都知道，动物们的这种生活状态,在中国是绝对不可能的,它们即使偶然闯入人群之中,也是如亡命之徒一样,惊慌失措,狼狈不堪。在中国的马路上,被车撞死的小动物的尸体十分平常见怪不怪。

我们下榻的"雅克和雪人"酒店是一家涉外的四星级酒店,在尼泊尔已是身份显赫,但楼顶和窗户上竟然也落满了黑压压的乌鸦和灰鸽子,它们早起晚栖,起落盘旋,旁若无人,好像那四星级宾馆是为它们而建造。

在距加德满都20多公里处巴克塔普尔古城的一个寺庙里,我看见三只过着神仙一样日子的山羊:人来人往中,一只山羊在寺庙的外面环绕窄窄的台阶独自踌躇满志地踱步,而另外两只山羊则静静地卧在寺庙入口香火袅袅的香炉边闭目养神;它们都是一身纯白或纯白中带黑纹的皮毛,留着长长的白胡须,道貌岸然,清瘦矍铄,那种超然的神态,似乎是世外的什么高人。

诞生过佛祖的土地也教化着身边蒙昧的动物们。那天,我们刚一踏上蓝毗尼的圣园大道,就有一只瘦小的狗一路尾随而来。因为它是尼泊尔人的朋友,我们没有赶它走,而是招呼着它相伴而行。无意中,我发现小狗的耳朵内侧长着一个黄豆大小类似于肉瘤的东西。出于好奇,我蹲下身来将小狗的耳朵掰开细看,才看清是一只虫子,而且在贪婪地吸食小狗的血。我心生怜惜,找来一根小木棍欲将虫子挑下来;一开始我还有点担心,害怕把小狗弄疼了小狗会咬我。见我迟疑,守在一边的作家北北说,小狗一路跟着

来恐怕就是让我们给它把虫子拿掉。被北北这样一鼓励,我就果断地下了狠手。似乎真如北北所说的那样,整个过程小狗很听话,安静地配合了我的"手术"。见小狗的耳朵被虫子叮咬出一块血斑,北北赶紧拿出一盒清凉油用手给小狗敷上。小狗更是可爱,不停地用头蹭北北的腿。小狗很通人性,尼泊尔朋友要给我们一行人照相,小狗居然也乖乖地站在我们面前,很懂事地和我们一起面朝镜头合影。我们往前走时,小狗仍然依依不舍地跟着,好像还想照一张,于是我又给它和北北与另外一只狗单独照了几张。我最满意的一张是这样一个构图完美的画面:在明媚的阳光下,两只狗一前一后卧着,而一个美女在两只狗中间席地而坐,彼此呼应,显得特别的亲密。直到我们拖掉鞋赤脚进入圣园时,小狗才被挡在门口。大约一个小时专心致志的朝圣,我们都把小狗忘了,但刚出了圣园门口时,那只小狗又亲热地迎了上来,让大家惊喜不已。其实,是人对动物的爱护换来了动物对人的亲昵甚至于依赖。这只小狗让我感到了一种来自动物世界的深情。

尼泊尔对动物的敬重一直处于一种国家的高度。这里,我必须讲述一只孔雀的命运。造访蓝毗尼圣园的那一天,我们入住的是一家日本人投资的酒店,硬件和软件都十分不错。吃过午饭,走出餐厅后,我突然看见一只华丽的孔雀站在长廊尽头的阴凉里,顶戴花翎,脖子和腹部的羽毛都是靛蓝色,而拖在地上的屏羽却像婚纱一样雪白,美丽得让人心惊,骄傲得让人敬畏,就像尼泊尔哪个古代王

国的王子一样！我又惊又喜，静气轻步地试探着迎了上去。但它发现我以后，就远远躲到了宾馆篱笆墙下的草丛里。篱笆是铁丝做的，只有一人多高，显然只是为了防止人进入而非防止孔雀出去。害怕"王子"越过篱笆远走高飞，我放弃了与它的亲近，只是赶紧掏出手机远远地给他拍了几张照片。当天入夜，我还没有入睡，突然一阵凄厉的长啼在密集的雨声中划破夜空直入房间，将我惊得坐了起来。呀，是那只孔雀！几年前，我看过一部《孔雀王朝》和一部《阿育王》的电影，讲的就是尼泊尔王朝时代的历史故事，影片中多次出现的孔雀的叫声给我留下了深刻的印象。"孔雀王子"为什么凄厉地啼叫呢？我当然不知道，但肯定不是因为什么高兴的事，因为它叫得是那么的悲伤。后半夜我是听着孔雀那令人心碎的叫声睡着的。第二天一大早，我在屋顶上看到了那只孤单的孔雀。但它已经没有了昨日的风采，一点也不像一个"孔雀王子"，而是像一个落汤鸡，甚是恓惶可怜！我不敢也不忍心再靠近它。夜里大家都听到了孔雀的哀鸣，有人因为不知道是什么怪物叫，还吓得一夜都没睡好呢。蓝毗尼佛教文化协会秘书长大蒙听到我们的议论，给我们讲了这只孔雀的故事。原来，这是宾馆喂养的一只孔雀，本来是一对，还有一只母的，但不久前死了。宾馆打算再找一只母孔雀，与这只公孔雀配对，但政府不允许，并责令宾馆尽快将这只公孔雀也送回原来的栖息地。大蒙说，尼泊尔的法律禁止包括公园、宾馆在内的娱乐和经营场所饲养动物。听了大蒙

的介绍，我的心里十分欣慰，这是多么公道的人间法律呀，我们和动物都应该给尼泊尔政府点赞！尼泊尔对待动物的态度和做法，非常值得包括中国在内的一些国家学习和借鉴。

我相信，在积淀着佛祖大爱的佛国尼泊尔，那只忧伤的"孔雀王子"一定能回到孔雀王国，并找到一个心仪的公主。

对待动物的姿态比国家的姿态还要高的当然是高处的佛。慈祥的佛眼，既注视着尼泊尔的人也注视着尼泊尔的动物。佛说，万物皆有灵，众生皆平等。佛的话，人类知道，动物们似乎也晓得的。在加德满都城西郊的山顶上，有一个斯瓦扬布纳特寺，因为佛祖曾经登高眺望而成为一个佛教圣地。而在俗间，多斯瓦扬布纳寺则被称作猴庙，大概是因为山上猴子多的缘故。该寺最高处塑有一尊佛祖像，昼夜不闭地俯视着加德满都城。这是一个神秘的寺庙，因为世代守候这座山的不知是人还是神，抑或还是与人打成一片的猴子。

人世、梵界和动物世界的那些玄机，高处的佛肯定都会看在眼里。

4

享有尊严与和谐的动物们证明了尼泊尔人的优秀。比如虔诚，比如厚道，比如仁爱，比如聪慧，比如热情，我们都能从尼泊尔人的宗教信仰、文化交流、生产劳动和艺术创造中看到。我想，能够宅心仁厚地对待动物，也就能与自己的同类和睦相处。

与我们天天在一起的毕瓦斯身上，可以说凝聚了尼泊尔人的许多优点。30出头的毕瓦斯给我印象最深的是他不卑不亢的仪态。毕瓦斯是尼泊尔学院秘书贾万德拉手下的一个小职员，负责我们每天的行程和餐饮。尼泊尔的国语是尼泊尔语，而上流社会通用英语，毕瓦斯说的是英语，显然不属于下层社会。第一天见过后我把毕瓦斯给忘记了，第二天一大早他在宾馆大厅跟我打招呼时，因为没有认出他我没有理他，但好大一会儿他居然一直一声不吭地跟着我陪着我，弄得我很不好意思。语言不是最大的障碍，重要的是彼此的感情往来和精神联系。毕瓦斯不会说中国话，但他似乎很爱和我说话。每天，除用英语与中国翻译、诗人白塔交流有关事务而外，在白塔不在场只有我们俩时，他总是爱用英语比划着手势与我主动交流，逼得我也不得不用手势和中国庆阳话与它交谈。为此，高伟还几次半开玩笑说我很有文化自信呢，不管别人听懂听不懂，都敢用自己的母语说话。

尼泊尔人对礼仪的重视在毕瓦斯身上有着近乎完美的体现。在蓝毗尼，气温达到了38度，真正是桑拿天气，我们一行的中国人身着便装甚至短裤短袖都热得冒气，而毕瓦斯出于对我们的尊重仍然是衬衫外套西装革履甚至打着领带。看他热得可怜，我几次比划着让他把领带取下来把外套脱掉，但他 No 、No 地摆手执意不肯。这让我肃然起敬，几次竖起两只大拇指称赞他是一个让人敬佩的人。在尼泊尔的几天里，当我们发现认识

和不认识的尼泊尔人双手合十向我们表示问候是一种习惯之后，我们才知道毕瓦斯的彬彬有礼是一贯的，而不是因为临时的外事活动所做的临时表现。为了表示我的敬意和谢意，我给他送了一幅我的画，他十分高兴，连声说谢谢。我指着墙上挂的一幅画，比划着手势用中国庆阳话告诉他，一定要用一个框子装起来挂在墙上。他居然听懂了，向我频频点头。

也许是接触多，不只是我一个人，此行大家对尼泊尔人最美好的印象，似乎都是来自于憨厚、真诚的小职员毕瓦斯。

不是客套，我们一行都叮嘱毕瓦斯，下次到中国来一定要找我们。

5

尼泊尔是一个有着2700万人口的多民族内陆山地国家，国土面积不到150万平方公里，只有甘肃的三分之一那么大。而且，尼泊尔是目前世界上最不发达的国家之一，十分贫困。从人口数量、国土面积和经济状况来看，尼泊尔的确是一个小国家。但是，决定国家的大小不应该只是这些因素，而应该由文化的大小来决定。尼泊尔似乎没有意识到，世界上只有一个释迦牟尼，不因别的，就因为这样一个把舍利子散遍世界而普度众生的佛祖，就因为世界各地那么多的佛教徒，尼泊尔也称得上是一个文化大国。在28日那天尼泊尔学院的交流中，轮到中方发言的时候，团长彭学明精彩地介绍了当代中国文学的现状、回答了尼泊

尔作家的一些提问之后推荐让我发言，于是我作了这样的表达：因为诞生了伟大的佛祖释迦牟尼，因为神圣的蓝毗尼，佛国尼泊尔其实是一个伟大的国家，虔心于佛祖的尼泊尔人民因此是一个伟大的民族。而且，中国和尼泊尔同在珠穆朗玛峰之下，雄伟的喜马拉雅山脉应该是中尼两国人民共同的精神脊梁！坐在我旁边的尼方翻译普龙先生现场翻译了我的上述观点之后，博得了在座的尼泊尔作家和学者的阵阵掌声。我是在打算朗诵自己的一首诗歌之前说这番话的，而我所朗诵的下面这首题为《俯仰》的诗歌，也表达了作为一个邻国的文化使者对尼泊尔和尼泊尔人由衷的敬意：

一只鹰
被我让在了高处

而我
被一只鹰让在了低处

一只鹰
让我看见了天空

而我
让一只鹰看见了大地。

在这首只有八行的诗中，"我"与一只鹰之间的谦让之意和敬重之情无疑得到了尼泊尔人的共鸣，普龙当场翻译出来之后，全场再次爆发了热烈的掌声。一位比我年长的诗人还前来要求和我照相留念，一位与我年龄相仿的美女诗人往

我索要诗集。一直在现场采访的中国驻尼泊尔大使馆文化处秘书李萌萌对我的表达甚为赞赏。而让我更为兴奋的是，散场后普龙先生表示要用尼泊尔文字翻译我送他的一本诗集。我已是第二次在尼泊尔收获掌声。第一次就是 2012 年 3 月下旬那次，正值中尼友好年，中尼双方都很重视，我们一行 6 人跟随以中国作协副主席何建明为团长的中国作家访问团由印度抵达加德满都，对尼泊尔进行了为期四天的访问。26 日晚上，也是在加德满都，代表着中国作家的代表团与尼泊尔艺术与文学基金会的成员举行了互动活动，近 200 名尼泊尔作家和诗歌爱好者现场聆听了中尼作家和诗人的朗诵。所谓中尼诗人，其实就是我和有"尼泊尔的艾青"之誉的迪瓦斯·阿迪卡里，这位尼方诗人朗诵的是一首《梦想与残骸》，我朗诵了一首《爱情是骨头的骨头》。中国驻尼泊尔大使杨厚兰、尼泊尔艺术与文学网络基金会主席柯伊拉腊博士出席了活动。国务院新闻办、中国驻尼泊尔大使馆发布了活动消息。网上至今还有那次我在尼泊尔朗诵诗歌的消息和照片，让我甚是风光和自豪。而我这次在尼泊尔朗诵诗歌的消息和照片，中国驻尼泊尔大使馆文化处也发到了网上，可能是翻译的原因，只是将我的那首题为《俯仰》的诗译成了《头顶上的鹰》。

在两次的访问中，我深深体会到尼泊尔人民对诗歌的热爱。尼泊尔的文学史其实就是一部诗歌史。在尼泊尔的历史上，上至国王或总统，下至黎民百姓，都有崇尚诗歌的传统。这一点，和泱泱诗

歌中国有点像。那天,从蓝毗尼返回加德满都进入市区后,街道边上一座三位一体的人物雕像吸引了我的目光;中间那个人物的头顶上站着一只小鸟,铜雕的人一动不动,而小鸟因为在惬意地梳理自己的羽毛而在动来动去。小鸟无意中与人物雕像之间表现出的幽默情景令我心生好奇,于是我同时问坐在后面的白塔和毕瓦斯:那三个人是什么人?我的问题经白塔翻译后,毕瓦斯告诉大家,那是尼泊尔的三个著名诗人。知道这一情况之后,我的心里很是自豪——诗人在尼泊尔居然有如此高的待遇!我不无嫉羡地痴想:下一辈子争取在尼泊尔做一个诗人吧。

6

尼泊尔是一个具有气候优势的农业国。比如在蓝毗尼,作为主要农作物的稻子,如果人勤快的话,节气每年可以让人有三次的耕耘和收获。但是,和中国的一些贫困地方一样,尼泊尔的土地也留不住人,年轻力壮有本事的男人如今都到城里打工去了,留守在家里的只有妇孺,富饶的土地不能尽其所能。初夏,正是蓝毗尼平原的栽秧季节,在空中俯瞰,或行驶在乡间公路上,我们看到在水田里躬身插秧的身影多是妇女和老人,汗流浃背的,让人唏嘘感慨不已。

一直严重依赖外援和国外贷款的国家境遇,让一些长期处于贫困线以下的尼泊尔农民养成了乞讨的习惯,上一代人如此,这一代人如此,下一代人可能也

是如此。在几个旅游景区,我们碰到的孩子都是叫着"卢比卢比"伸手往我们要钱的孩子,而此时唆使孩子们的大人就躲在不远处眼巴巴看着。这当然是尼泊尔的国家习惯,而不是尼泊尔穷人的过错,更不是尼泊尔人民的意愿。当然,客观地说,也不能完全归罪于尼泊尔国家。尼泊尔虽是弹丸之地,但因为其特殊的地理位置,近几十年来一直是各种外国势力谋求私利而明争暗斗的场所。在这样的国家命运中,尼泊尔政局动荡,历届政府力不从心,国家意志无法伸展,人民的福祉自然就被耽搁了。中国驻尼泊尔大使馆文化处主任张冰说,新一届尼泊尔政府成立后,体恤民生,励精图治,致力于平衡自己与各个大国之间的关系,积极谋求拓展国家更大的发展空间。我们希望尼泊尔人民从此能获得持久的安宁和足够的温饱。

守着佛祖的尼泊尔人民应该得到幸福,而依傍着世界之巅的佛国尼泊尔应该自强崛起。

除了农业,尼泊尔最大的经济资源恐怕就是旅游了。因为宜人的气候、秀丽的自然风光,加之神秘、古老的佛教文化,尼泊尔正吸引着越来越多的世界各地的旅游者。据介绍,每年到尼泊尔旅游观光的游客已达70多万人。无疑,我们一行就是其中的一拨,而我就是这一拨中的一个。但我不是一个游客,而是一个文化朝圣者;上一次归国后我一字未写,而这一次腹中似怀万言之书。

在尼泊尔我感到了天地间巨大的宁静。在前面提到的尼泊尔学院的那次交

流的发言中，我曾首先介绍说我来自敦煌的故乡，但我心里很清楚，我其实来自于一个物质富足而精神空虚的红尘世界，我希望利用再次到达佛国的机会，在佛国的时光里接受一次心灵的洗礼；我无意遁入佛门，我只是想让自己风尘如垢的肉身在菩提树下的清香里获得一些干净和轻灵。

我相信一些科学家这样的一种认识：科学发展的终极目标就是带领人类归于佛教。那么，诞生了佛祖的尼泊尔无疑既是我们的从前也是我们的未来。两次来到尼泊尔，我都像穿过了一个时空隧道，恍若隔世，尤其是在蓝毗尼，我觉得自己好像曾经到过那里。我问佛也问我自己：从前的这里究竟是我的什么地方呢？我是一个灵魂的第几个轮回？我是否还能回到这里？因为心中有佛，所到之处，即使是闹市里，我的内心都是一种尘埃落定般的宁静。我是一个离不开孤独的人，在异国他乡更是如此。这也正是为什么我一路只对眼前看见的一切感兴趣而对别人口头语言叙述的历史故事不感兴趣的原因。因为是第二次到达，在几个王朝留下的遗址上，我留意的是它们的建筑之美和它们因为沧桑而流露出来的情感，至于它们背后的故事对我此行已经不再重要，而我想做的也只是默默地表达内心的虔诚和敬意。所以，我总是与团队拉开着一点距离，以一颗孤独的心兑换一时的精神自由。我想，只有这样我才可能走进佛祖的视野。参观都安排了中文讲解，但我的心总是在独自漫游。我不想听别人说，只想自己看自己想。我相

信自己能直接看懂尼泊尔。

因为我热爱源于尼泊尔的佛教文化，所以我关心佛国尼泊尔的命运。在尼泊尔我们听到，尼泊尔政府正在试图让封闭的尼泊尔走向世界或让世界走向封闭的尼泊尔。这绝对符合佛教精神，也绝对符合时代潮流，但我不知道这是好事还是坏事。对尼泊尔人民这肯定是好事，因为他们因此而能与世界人民同步前行，尽快享受到人类最新的文明成果，但是对尼泊尔的文化肯定就不一定是什么好事了，因为随着尼泊尔被更多的人发现，潮水一样的外来者会侵蚀掉珍贵的尼泊尔佛教文化；我不希望尼泊尔人民永远受穷，但我也不希望尼泊尔失去自己的文化个性。我非常相信尼泊尔人民的智慧，但也满心忧虑：不知道尼泊尔会用什么代价来换取经济的繁荣？如果尼泊尔以现有的文化生态为代价，那无疑将是世界的一场灾难，当然也是尼泊尔人民的不幸。如果真是那样，人类与自然仅存的一些平衡与秩序将会消失，那些动物们的命运将会彻底改变，那只"孔雀王子"当然就会因为找不到自己的公主而永远凄厉长啼，尼泊尔学院的小职员毕瓦斯可能不会还是那么一个人见人爱的谦谦君子；而且，人类如果最终将由科学领向佛教，那么我们未来的一处归宿将不复存在。

如果真是那样的话，恐怕连历经苦难的佛祖都不会答应。

7

只有出了国门，才知道祖国的分量。母亲与祖国概念的同质性是人类自古至今一个共同的认知。尼泊尔国徽上一行"母亲与祖国重于上天"的梵语文字，让我这个已经失去母亲但仍然依靠着祖国的外国人心中难以平静。原来，母亲和祖国在梵界里早就是同一个至高无上的神。国徽所在的地方，应该是一个民族的额头，由此可见母亲与祖国在尼泊尔人心目中的位置。佛国的这一精神境界，不仅触动了我一个人，以一篇大散文《娘》而在中国感天动地的彭学明，似乎在尼泊尔也找到了情感的港湾和共同的语言，作为一团之长，在与尼泊尔学者的两次交流中，其发言和唱歌总离不开母亲和祖国这一命题。身在异国的彭学明，让我对他文学生命中的《娘》有了更深的理解。

在尼泊尔，我还看到了我们中国；或者说，在佛国一段珍贵的时光里我看到了祖国的影子。

中国和尼泊尔都是文明古国，因为特殊的地理位置，两国的文化缘分源远流长。在民间，远的佛教传承不说，近代以来两国登山爱好者围绕征服珠峰而建立的友谊和信任堪比伟岸的珠峰。而在官方，两国1955年8月1日中尼建交后，高层往来就未曾断过。今年3月，尼泊尔总理奥利访华时，两国在"一带一路"框架下签署了多个双边合作文件。张冰告诉我们，尼泊尔有十三万中国人，大都生活在加德满都的塔美尔。这是我没有想到的，十三万人在有着十三亿人口的中国不是个大数字，但在尼泊尔已经是够大的一群人了。但是，也许是我的粗心，所到之处我看到的中国元素并不多。在加德满都的市面上，我只看到三个中文酒店招牌和一个中文书店招牌。而一个让人很没有面子的负面"中国元素"则让我心里很不是滋味。在古玛丽神女庙的一面墙壁上，我们看到一个针对中国人勿乱照相的中文"通知"，标题虽然打印的是"通知"，但文中却是不客气的警告语气；"通知"之所以不用别的文字打印而是用汉字打印，显然是因为使用汉字的中国人在尼泊尔不守规矩出了问题。在这个中国汉字的"通知"前，我匆忙离去未敢久留，我害怕别人认出我是一个中国人。

尼泊尔人也知道民以食为天。担心我们饮食不习惯，在不到一周的时间里，尼泊尔朋友安排了我们到一家"品味中国"和一家"中国料理"川菜馆吃了两次中国餐。尼泊尔人津津有味吃中国菜的样子，与其说是请我们"品味中国"还不如说是他们在"品味中国"。尼泊尔人不会用筷子，而是很困难地用西餐叉子挑着不是该用叉子挑的中国菜。见状，因为在中国餐厅，我就坚持用筷子夹菜，而且直接放到我的盘子里然后喂到我的口中，非常中国地示范给他们看。我觉得，中国人绝对不能丢了自己的文化，而要让外国人"品味中国"，也应该让他们先从中国餐桌上的筷子开始。有一个问题我始终想不明白，在中国的许多地方，为什么有越来越多本来用筷子吃饭的中国人学会了用刀叉，而至今能像中国人一样用筷子的外国人为什么那么的罕见稀少？我想，这恐怕不只是一个文化习惯和卫生观念的问题。如果一个文明古国用了几千年的筷子出了什么价值问题的话，那肯定是中华民族文化身份和文化自信方面的大事，而不是一件什么小事。作为进食工具，竹的筷子肯定比铁的刀叉古老，而且竹的筷子肯定比铁的刀叉文明，因为铁的刀叉肯定与反文明的杀生脱不了干系；而且，我还知道古老的筷子所喂养的民族已经是世界上人口最多的民族，其旺盛的生命力证明筷子没有任何危害健康的卫生问题。哈，我这个一直拿筷子的人今天在这里只是想幽默一下，那些丢了筷子而拿起刀叉的人可千万不要生气呀。

尼泊尔的中国元素不多，说明中尼的来往还不够。据我们了解，即使是一千多年前到过尼泊尔取经的玄奘，在尼泊尔也只是佛教界才知道一点，普通民众知之者甚少。至于在中国家喻户晓的《西游记》就更是鲜为人知了。从中尼两国的文化关系和地理位置上来说，这无疑是一个不小的缺憾。

听说加德满都有一个孔子学院，但没有安排我们去，令我感到十分遗憾。而位于蓝毗尼佛祖圣园附近的中华寺，我们肯定是去了的。在30多个国家佛教组织援建的寺庙群中，一院仿古式的中国建筑很是让我感到自豪和亲切。听张冰说，中华寺除了一直免费接待前来朝圣的中国佛教徒而外，这几年还在每年的冬天给当地人免费发放御寒的被子。蓝毗尼夏天很热，不用盖被子，所以年年在冬天到来之前习惯了不盖被子的当地人也就没有添置被子的意识，所以年年冬天都要挨冻。发现这一情况后，中华寺就在严冬来袭之际送上了温暖。这是佛教徒比尼泊尔全国人口还要多的中国应该做的事。中国佛教界应该对佛祖的故乡有所反哺。

临走时，看见门口的功德箱后，我和彭学明相约悄悄往里投了一张面值最大的人民币。我们当然不是在为个人积德，而是为了国家的功德。

8

作为一个与邻为善的发展中大国，中国一直没有忘记尼泊尔这个山水相连的邻居。去年4月尼泊尔发生8.1级大地震之后，中国政府和人民对尼泊尔人民及时地伸出了援手，建立了一条"跨越喜马拉雅山脉的生命线"。几个正式场所，我们都听到了尼泊尔人真诚的谢意。也许是因为佛祖的护佑，让我们感到十分欣慰的是，几天里我们只在杜巴尔广场和巴德岗杜巴广场的两个古建筑物上看到一些地震留下的裂痕，并没有看到8级大地震造成的大面积废墟。看来，尼泊尔人已经从一场灾难的阴影中走了出来。

尼泊尔学院对我们这次的访问非常重视。尼泊尔学院的前身是"尼泊尔皇家学院"，级别在中国相当于中国社会科学院，是尼泊尔最具权威的全国性学术机构。为了欢迎我们的到来，他们在机场破例开了贵宾休息室，学院秘书贾万德拉先生亲自到机场迎送我们。到的那天，我们还在机场的贵宾休息厅意外地遇到了尼泊尔文化部部长，听我们是中国作家访问团，部长先生还一一和我们握手并合影。当天晚上，尼泊尔学院院长甘噶·乌普瑞提亲自带领学院 11 位院士在拉迪森酒店为代表团接风洗尘。28 日，尼泊尔著名作家、诗人逾 30 人及尼泊尔学院全体成员在尼泊尔学院会议厅与中国作家代表团进行了交流，而我也就是在这次交流中朗诵了诗篇《俯仰》。而且，不论是在文学交流之中，还是在双方餐聚的时候，作家们都是正装出席，尤其是与尼中妇女友好协会的那次交流，女士们个个身着盛装，面若桃花。对于中国作家的来访，尼泊尔媒体更是表现出了极大的兴趣，与尼方的两次主要活动，我们都在几份主流媒体上见到了新闻照片。在尼泊尔期间，我们获得的友谊应该是属于佛国最真诚最明媚的那种内涵和表情。在一家工艺品商店，我买了几件木刻工艺品之后，会说中国话的年轻老板连声说："我热爱中国，我热爱中国！"很是让我温暖和感动。

毫无疑问，我们当然也热爱尼泊尔。

中国的和平崛起，尤其是"一带一路"建设，无疑让尼泊尔人看到了一个重大的国家机遇。此行，我们真切地感受到尼泊尔人民释放的善意。令人欣喜的是，在这篇尼泊尔散记走笔之时，我在甘肃的媒体上看到，由尼泊尔立法议会议员拉姆·博克瑞尔带领的尼泊尔大会党干部考察团访问中国，而到访的第一站就选择了甘肃兰州，受到了甘肃省委副书记欧阳坚的热情接待。我真心盼望敦煌的故乡甘肃尽快架起一座跨越珠峰而通往山那边尼泊尔的彩虹。我们相信，作为一个秉持"亲诚惠容"周边外交理念的大国，中国一定会关切邻居尼泊尔人民的期待。这是国家大事，但也是小民心愿；这是国家利益，但关乎人民福祉。友邻是福，家如此，国家亦然也。

文学无疆，更无国界。我们这一行飞越世界屋脊的文化使者，虽然在山那边佛国的时光里行程不长，但我们所抵达的天地无疑却是辽远的。其文化意义，就像我那首关于天地而名为《俯仰》的诗篇，从此以后将永远诗意无限地伴随着伟大的尼泊尔。

至于我个人，我深信今世与佛国的缘分还有很多很多！

图书在版编目（ＣＩＰ）数据

文艺人才. 2016年夏季卷 / 高凯，弋舟主编. -- 兰
州：敦煌文艺出版社，2016.12
ISBN 978-7-5468-1490-2

Ⅰ. ①文… Ⅱ. ①高… ②弋… Ⅲ. ①文艺人才—文
集 Ⅳ. ①I03-53

中国版本图书馆CIP数据核字(2016)第285779号

文艺人才

高凯 弋舟 主编
出 版 人：王永生
责任编辑：靳 莉
装帧设计：弋 舟

敦煌文艺出版社出版、发行

本社地址：（730030）兰州市城关区读者大道568号
本社邮箱：dunhuangwenyi1958@163.com
本社博客（新浪）：http://blog.sina.com.cn/lujiangsenlin
本社微博（新浪）：http://weibo.com/1614982974
0931－8773084(编辑部)   0931－8773235(发行部)

甘肃新华印刷厂印刷
开本 889毫米×1194毫米 1/16 印张 6 字数130千
2016 年 12 月第 1 版 2016 年 12 月第 1 次印刷
印数：1~2 000

ISBN 978-7-5468-1490-2

定价：25.00 元